AF345849

IL VOUS FAUDRA VIVRE AVEC...

DIDIER DEBORD

Des licences d'utilisation de droits d'auteur peuvent être obtenues auprès de luxorr sur *www.luxorr.lu*.
Tous les contenus de cet ouvrage ont été vérifiés pour les droits d'auteur au mieux des connaissances et convictions. Toutefois, si des droits ont été violés sans le savoir, l'éditeur demande au titulaire du droit d'auteur de le contacter pour clarification.

I.

Un éclair traversa la pièce. Étincelant. Fulgurant. Tranchant.

La tête roula dans un coin.

Il vous faudra vivre avec...

Il vous faudra vivre avec...

II.

Mamaaan !

Camille lâcha l'interrupteur de sa ponceuse, enleva son casque antibruit et tendit l'oreille. Il lui semblait avoir entendu crier sa…

Mamaaan !

Le hurlement venait des tripes, poignant, effrayé, effrayant. Elle se leva d'un bond, arrachant au passage la prise de courant qui cracha des étincelles. Sa fille ! Les escaliers, vite, interminables. Sa chambre, tout au fond du couloir en haut. Les portes closes des pièces qui défilent au ralenti. Zut alors, elle n'y arriverait jamais ou quoi ?

Elle percuta la porte de la chambre qui alla violemment cogner contre le mur. Sa fille !

Hébétée, blême, le regard hagard qui errait de la tête au corps et du corps à la tête sur le sol. Le sang de Camille ne fit qu'un tour. Elle gifla à toute volée sa fille :

– Mais qu'est-ce que tu as encore fait, nom d'une pipe ! Tu es infernale !

– Maman, c'est pas moi, c'est pas moi, j'te jure, c'est pas moi, c'était…

– Bien sûr que c'est pas toi, c'est certainement le pape. Il y en a pas deux comme toi pour faire des conneries pareilles.

– C'était comme ça quand je suis entrée, j'te jure, m'-man, j'te jure !

– Qu'est-ce qu'on a fait au bon Dieu pour avoir un monstre pareil ! Mais qu'est-ce qu'on a fait, nom de Dieu ?

Mathis jaillit dans la pièce. Les hurlements des deux femmes, il ne les connaissait que trop, mais là, ça semblait si terrible qu'il avait lâché son polar pour se précipiter en haut. Il se figea sur le seuil. Son regard incrédule allait du corps décapité sur le sol à sa femme en furie qui secouait leur fille en hurlant.

Un petit rectangle de carton attira son attention dans un angle de la pièce. Il lui sembla reconnaître l'un de ces petits rectangles qui l'avaient accompagné au quotidien dans son travail.

Autrefois. Il était certain de ne plus en avoir ici.

Quelqu'un était entré dans la maison.

Prévenir la police, et puis quoi encore. Ils n'ont pas que ça à faire.

– Mais quand même, l'interrompit Camille, puisque Rose jure que ce n'est pas elle. Qu'elle a découvert ça en entrant. C'est bien que quelqu'un est entré dans la maison et a fait cette... cette abomination.

– Mais tu le dis toi-même que ta fille est une menteuse ! s'exclama Mathis sans conviction. Ce n'est pas la première fois qu'elle fait un truc pareil. C'est une manie, chez elle, quasi une religion. Plus c'est beau, plus c'est neuf, plus le sacrifice a de valeur. C'est même pour ça que tu t'es mise dans un état pareil.

– Justement, cette fois... sa poupée préférée, celle qu'on lui a offerte pour ses trois ans. Crois-moi Mathis, un fou est entré dans notre maison et il a décapité la poupée de notre fille. Un fou ! Un malade ! Il vaudrait mieux...

– On peut y réfléchir, conclut Mathis faute de mieux.

Croyant mettre ainsi fin à la discussion, il sortit de la pièce en haussant les épaules. Pour mieux cacher l'émotion qui secouait son corps.

Mathis se demanda une fois de plus d'où leur fille tenait cette manie de « disséquer » systématiquement tout ce qu'ils lui offraient. Cette fois encore ? Le petit rectangle de carton donnerait peut-être une réponse.

Pour aussi mignonne que puisse être Rose du haut de ses 10 ans, elle jouait déjà la belle rebelle, soignait une coiffure anarchiquement étudiée pendant de longues minutes tous les matins - retouches fréquentes en journée à grands coups de gel les jours de vent - et arborait des jeans avec un peu de tissu autour des trous. D'un autre côté, elle était très mature pour son âge, peut-être le fait d'être fille unique. C'est elle qui pensait à prendre de l'arnica ou des pansements lorsqu'ils partaient (trop rarement) en randonnée. Et elle veillait sur son papa avec un soin jaloux. Il était si « hors sol » et vulnérable…

– Quel merdier, grommela-t-il en se précipitant dans son bureau, le petit rectangle de carton au fond de sa poche.

Il entra dans son « sanctuaire », comme disait Camille. Sur la porte, un panneau manuscrit encadré d'un épais trait noir tracé à la règle :

Klappt w.e.g. op d'Dier a waart op d'Erlaabnes fir eran ze kommen.[1]

Mathis ferma précipitamment la porte dans son dos, s'appuya contre le chambranle et, les mains tremblantes, il sortit le rectangle de carton.

Kuerzzäitbilljee, valable le 18.07.2019 de 13:43 à 15:43 sur toutes les lignes…

C'était quoi ce truc ? Que venait foutre ce ticket de transport de Luxembourg dans la chambre de sa fille ? Dans laquelle ils avaient en outre trouvé le corps décapité de sa poupée ? Juillet 2019 ! Ils s'apprêtaient alors à quitter le Luxembourg. De tels tickets n'existaient d'ailleurs plus désormais, depuis que les transports en commun y étaient gratuits.

Rose n'avait pas menti.

---

[1] Frappez s.v.p. à la porte et attendez l'autorisation pour entrer.

Mathis secoua la tête pour tenter de s'éclaircir les idées. Un zèbre quelconque avait pénétré dans la maison et perdu (ou laisser volontairement ? pensa-t-il soudain) un vieux ticket de transport de Luxembourg.

Assez bizarrement, le K et l'un des Z étaient tous deux entourés d'un rond et reliés ensemble par une sorte d'accolade. Mathis haussa les épaules. Une lubie quelconque ou un truc pour se souvenir de quelque chose. Une liste de course d'un tordu qui ne savait pas faire simple. Acheter du cacao et des citrons, ça devait être ça. Le mec - et pourquoi pas la femme d'ailleurs - avait voulu faire un gâteau chocolat-citron. Lui, il aurait préféré chocolat-fraise, mais pourquoi pas après tout ?

Il retourna machinalement le ticket et découvrit alors, écrite d'une main peu assurée, la mention :

Fir ze haalen, well et geet nach weider ! [1]

La suite de quoi ? De la liste ? Le zèbre en question faisait ses courses au compte-gouttes ? C'était une vieille chancelante qui ne voulait pas porter un cabas trop lourd et répartissait la recette sur plusieurs jours. Sur plusieurs tickets.

– Je délire complètement, constata-t-il hébété. Une liste de courses ? Et pourquoi pas le numéro secret du Kremlin, pendant que j'y suis ? Putain, c'est pas un jeu. Un mec a « tué » la poupée de notre fille et il est entré dans la maison sans laisser de traces. Prévenir la police ?

Il fit la moue. Il avait travaillé suffisamment longtemps dans l'administration du Luxembourg pour savoir que moins on avait affaire à elle, mieux on se portait. Surtout dans son cas. Et puis après tout, si un taré quelconque avait jugé bon de zigouiller une poupée qui avait échappé

---

[1] À conserver en attendant la suite !

pendant des années à la manie destructrice de leur fille, il était où le problème ? Quoi que si, tout de même...

Un doute l'assaillit : et si c'était à lui qu'on s'adressait, à lui qu'on demandait de conserver le ticket en attendant la suite ? Pourquoi lui ? Et quelle suite ? Dans le doute, il le rangea dans le troisième tiroir de son bureau, le seul qu'il fermait consciencieusement à clef. C'est ce qu'il y avait de bien dans son « sanctuaire » : personne ne venait jamais y fouiner. Il préféra ne pas imaginer le branlebas de combat si sa femme avait vu le ticket avant lui. Telle qu'il la connaissait, elle aurait alerté la police, la gendarmerie, le GIGN, la BAC. Peut-être même la garde présidentielle rapprochée...

Et puis, décréta-t-il pour se rassurer, le chien resterait désormais tout le temps à la maison. Pas de danger que quelqu'un entre dans la maison avec lui. Molosse. Molosse le colosse.

Camille l'avait tanné pendant une heure au lit pour qu'ils préviennent les flics. Et quand elle s'était enfin endormie, de guerre lasse, c'est lui qui n'arrivait plus à trouver le sommeil.

« Qu'est-ce qu'un mec a bien pu venir foutre dans la chambre de Rose pour... Et merde, arrête de rabâcher ça en boucle, nom de Dieu. »

Il avait tapoté l'épaule de sa femme. Elle dormait. Il était alors redescendu à la cuisine pour se servir un jus d'orange. Qu'il avait laissé sur le bord de l'évier. Trop de vitamines C, pas bon pour le sommeil. Il hésitait à ouvrir une bière.

« Le houblon. Humulus lupulus, en homéopathie, traitement symptomatique des états neurotoniques et aide au sommeil, se dit-il pour se donner bonne conscience. La belle excuse. »

D'un grand coup de langue sur ses pieds nus, Molosse sembla approuver son choix. Si Molosse était d'accord, alors, y'avait plus qu'à...

Le houblon coula dans ses veines, apportant un semblant de sérénité dans ses pensées houleuses. La bataille faisait rage sous son crâne à la courte chevelure blonde. Le diable titillait sa conscience à petits coups douloureux de trident pour qu'il ne signale pas l'incident à la police. L'incident, répliquait l'ange, pour combien de temps ne serait-ce encore qu'un incident. Après la poupée... la fille ? Et puis n'oublie pas, Mathis, lui souffla le diable, un flic, ça fout son nez partout. L'as de la perquise, rien ne lui échappe. Tu vois ce que je veux dire ?

La perspective d'un séjour à l'ombre ne l'enchantait pas, mais, pire, ça pourrait lui coûter son couple. Sa femme ne plaisantait pas avec la morale et la loi. Les restes persistants d'une éducation rigide qu'il aurait bien traitée à l'assouplissant. Attentive, ajouta-t-il à la liste. Très attentive, précisa-t-il. Trop. Tatillonne, conclut-il.

Mais il aimait sa femme telle qu'elle était. Les cheveux blonds qui tombent sur les épaules. Les épaules, justement, si délicieusement rondes (et douces), une belle féminité, toute en arrondie, des fesses croquantes fières de leur chair épanouie, des jambes sportives, pas le genre allumette. Tout le reflet de son caractère : déterminée, prête à tout affronter dans la vie, très « elle est où la montagne que je lui passe sur le dos ». Et un sourire ! Mathis se pâma rien que d'y penser, un sourire... beau, irrésistible. Quoi qu'un peu rare à son goût, une artiste constamment en cogitation, l'excusa-t-il.

Pas un canon de beauté, d'accord, mais lui non plus n'était pas Appolon. Ou alors les statues grecques mentaient honteusement. Et pas sûr qu'Appolon aurait fait de tels ravages parmi la gent féminine s'il avait eu son physique. Chez Mathis, les côtes saillaient plus que les muscles et ses abdos n'auraient certainement pas résisté au passage d'un chien, fût-ce un chihuahua neurasthénique. On fait avec ce qu'on a, et les arrondis de l'une complétaient merveilleusement les creux de l'autre.

Comme pour le caractère... Ne disait-on pas en effet de lui-même qu'il était impulsif, émotif, excessif, à vif ? Qu'il prenait tout trop à cœur et savait se montrer d'une irrationalité qui, si elle avait été une discipline olympique, l'aurait immanquablement propulsé sur la plus haute marche du podium. La détermination de l'une compensait idéalement l'anxiété de l'autre.

La convaincre de quitter Luxembourg pour ce coin perdu de Provence avait toutefois été tout un combat, mais elle avait fini par céder. Son mari tournait en rond dans le Grand-Duché. La ville lui pesait, le temps lui pesait, son boulot lui pesait. Et même elle, elle avait fini par lui peser. Alors, elle avait dit oui.

Il éteignit la lumière, se cala confortablement dans les coussins, se couvrit les jambes avec un plaid et se passa en souriant le film de leur exode.

Il ne regrettait rien. Elle non plus d'ailleurs. Sa fibre de grande bricoleuse avait trouvé de la matière pour s'exprimer. Deux cent cinquante mètres carrés d'un mas dans un état plus que douteux au milieu des forêts et des champs de lavande. Ils avaient fait appel à une entreprise pour le gros œuvre et Camille s'en donnait maintenant à cœur joie avec les plâtres, le carrelage et la peinture. Il admirait son adresse et son bon goût. Ce n'est pas avec ses deux mains gauches qu'il aurait pu en faire ne serait-ce que le quart.

En deux ans, le mas avait changé de gueule. L'intérieur, du moins. Le crépi, ce serait pour plus tard. Les rares randonneurs qui suaient sang et eau sur le petit chemin qui passait devant la maison devaient plaindre ces pauvres gens qui vivaient dans une maison si fatiguée. Au moins, ça n'attirait pas les cambrioleurs. De toute façon, en été, le chemin de randonnée était interdit en raison des risques majeurs d'incendie.

L'évocation de ce mot le ramena aussitôt à l'« incident » du jour et, instinctivement, il se mit à épier la nuit. Il décapsula une seconde bière.

« Humulus lupulus 9 CH, rigola-t-il intérieurement. C'est tellement meilleur en 50 cl. Pas franchement la dose homéopathique. »

Surtout à deux heures du matin.

Il préféra reprendre le cours de ses pensées. Où en était-il déjà ? Ah oui, sa femme qui leur aménage un douillet cocon. Il regarda autour de lui. Elle pouvait être fière d'elle. Et lui donc !

Le tableau de Cézanne, Le vase bleu, avait exercé une grande influence sur la déco. Camille avait craqué pour ce bleu aérien quoique profond et appliqué de manière rustique. Les volets, la rampe des escaliers, certains crépis intérieurs et des cadres de porte avaient été soigneusement recouverts de cette couleur dont elle avait dû assécher les réserves dans la région. Des tableaux ornaient les murs, dont certains, signés par une certaine C.Ries, ne déparaient pas au milieu de reproductions de… Cézanne. Des rangées de livres dans des étagères rustiques, des fleurs séchées, des photos artistiquement arrangées sur la cheminée. Le mobilier un peu hétéroclite, souvenir de leur logement citadin au Luxembourg, n'échapperait à la cheminée qu'en raison de leur matériau moderne brillant peu apte à brûler. Il céderait bientôt la place à du « local ». Tout cela, c'est elle qui l'avait agencé.

Il aimait bien la regarder bricoler. Ses mèches blondes qui retombaient sur son visage. Elle les relevait d'un revers de main, laissant souvent une trace de plâtre ou de peinture sur le bout du nez ou une joue, le front. À croquer. Et sa salopette bien trop grande. « Vaut mieux être à l'aise pour travailler », se justifiait-elle - et pourquoi d'ailleurs ? - quand il la taquinait gentiment. Elle laissait parfois entrevoir un bout de hanche fort appétissant, son petit bedon, ou dévoilait, les jours de chance, ce qu'il guettait avec gourmandise, l'arrondi d'un sein. Quinze ans de mariage, et il ne s'en lassait pas. Ils ne s'en lassaient pas.

Il se sentait mieux depuis qu'ils étaient arrivés ici. Il serait bien resté à Luxembourg. La ville est agréable et il fait bon y vivre. La campagne autour, les amis, un certain confort...

Mais son travail avait fini par lui user les nerfs. La Direction de l'immigration - Service des étrangers. Pendant des années, il avait dû, en tant que simple rédacteur, statuer sur le sort d'étrangers venus des quatre coins du monde qui fuyaient, le plus souvent légitimement, la misère ou la guerre, souvent les deux, dans leur pays et espéraient mener en Europe une vie plus... vivable. Juste plus vivable.

Certains arrivaient au Luxembourg au hasard de leurs tribulations, pris en étau entre les passeurs, la police, l'administration, la population et leurs pauvres moyens financiers. Il y avait bien sûr parmi eux des margoulins qui entendaient bien récolter sans se baisser les fruits de l'arbre à dollars tant convoités. Et même des personnes au passé douteux qui fuyaient une vie misérable à laquelle ils avaient contribué, souvent les armes à la main. Il s'était fréquemment posé la question en regardant le postulant à la carte de séjour ou, pire, sa photo sur un dossier anonyme.

Mais la grande majorité d'entre eux étaient de pauvres et braves gens qui avaient tout abandonné, contraints et forcés, pour échapper à la faim, à la torture, à la mort.

Alors il fallait parfois « dubliner » à tour de bras pour désengorger la machine qui étouffait sous les piles de dossiers. Les malheureux étaient une fois de plus repoussés, rejetés. Jetés dehors serait plus approprié.

Le Lëtzebuerger Flüchtlingsrot - Collectif Réfugiés (LFR) - avait même fini par s'en mêler, affirmant haut et fort, dans la presse et au cours de manifestations, que l'on faisait tout pour intimider et décourager les demandeurs de la protection internationale dans les locaux de la direction de l'Immigration.

Et ça, il n'avait pas pu le supporter plus longtemps.

L'idée avait lentement mûri dans sa tête, au cours de vacances dans le sud de la France, de s'installer dans la lumière de Cézanne. Et quand il avait vu l'annonce d'une boîte d'intérim recrutant un chef d'agence à Éguilles, tout près d'Aix-en-Provence, il n'avait pas hésité une seconde. Il avait pris le premier train et avait été pris à la première entrevue. Son expérience de l'humain…

Il y avait pourtant eu si peu d'humain dans son travail au Service des étranges. Surtout pas « à leur service » ! Il en avait encore quelques douloureux souvenirs.

Mais cette fois, au lieu de virer de pauvres gens qui ne demandaient qu'à travailler et vivre en paix, il leur donnerait du boulot. La revanche sur sa petite histoire.

Trois mois plus tard, ils avaient loué une petite maison dans le village, le temps de trouver LE mas de LEURS rêves. Camille reprendrait son activité d'artisan d'art en Provence, spécialisation portraits et caricatures. Les marchés touristiques de la région s'y prêtaient.

Rose avait bien entendu râlé. Elle ne voyait pas l'intérêt de quitter son école, ses copines et ses copains. Sa maîtresse, madame Dürr, qu'elle avait depuis deux ans. Mais la perspective de la Provence et tous les souvenirs de vacances que cela évoquait en elle avaient fini par avoir raison de sa résistance. En plus de la promesse de faire venir les copines pendant les vacances.

Tout était pour le mieux dans le meilleur des mondes...

V.

Un grognement le sortit de sa rêverie.

Molosse se leva majestueusement dans le noir, se dirigea vers l'entrée, renifla le bas de la porte et dressa les oreilles.

Mathis épia la nuit. Molosse n'était pas le genre de chien à se laisser perturber par un lapin. Son sommeil et sa tranquillité lui étaient trop précieux pour cela. Il lui sembla entendre un bruit de moteur. Une voiture approchait de la maison, au ralenti, sur la pointe des pneus, désireuse de ne pas se faire repérer.

Molosse émit un petit glapissement. Le chien ne devait pas aboyer, il aurait réveillé les deux femmes qui dormaient à l'étage, de l'autre côté de la maison. Mathis le sermonna fermement et le chien retourna docilement se coucher dans son panier. Les miracles de l'école de dressage qu'il avait assidument fréquentée pendant six mois. En grande partie pour y retrouver quelques copines qu'il ne laissait pas indifférentes. Le contraire était d'ailleurs vrai. Qu'importe, le résultat était là.

Mathis monta à l'étage. La fenêtre de la salle de bains n'avait pas de volets, l'idéal pour voir sans être vu. Il pénétra dans la pièce sans allumer la lumière, s'approcha de la fenêtre, écarta les rideaux.

Une voiture était stationnée derrière les buissons juste devant l'entrée de la propriété. Une ombre en descendait côté passager. Ils étaient donc au minimum deux.

L'homme s'immobilisa quelques instants, regarda autour de lui, se dirigea vers l'arrière du véhicule, ouvrit le coffre. Il en sortit quelque chose. Impossible à identifier, trop loin, trop sombre. Un gros objet rectangulaire.

Il ferma le coffre sans bruit, laissa la porte de la voiture ouverte et se dirigea vers la grange.

Mathis tentait de réfléchir, tétanisé par cette situation à laquelle il n'était pas préparé. Il entendait le moteur qui tournait au ralenti.

Molosse !

Molosse et ses cinquante kilos régleraient ça en deux bonds trois aboiements. Mathis dévala silencieusement les escaliers. Molosse grattait le sol, la truffe à ras du carrelage devant la porte, couinant d'inquiétude. Mathis le prit par le collier, le tira en arrière pour ouvrir la porte.

Il eut l'impression qu'on lui arrachait le bras. D'un bon puissant, le chien s'était élancé dans la nuit en jappant furieusement. Il fonça droit sur l'homme qui pivota sur ses talons pour courir vers la voiture, franchit en un éclair les quelques dizaines de mètres qui le séparaient de lui, happa sa veste, tira furieusement dessus, faillit le mettre au sol. L'homme jura, tenta quelques vains coups de pied. Mauvaise pioche ! Molosse saisit le mollet au vol, arcbouté sur ses pattes avant. Un hurlement dans la nuit. Le tissu céda, le mollet aussi. L'homme s'engouffra dans la voiture, claqua la portière. Son complice au volant fit patiner l'embrayage. Des pneus crissèrent dans la nuit, projetant des volées de gravillons sur le chien.

Molosse poursuivit la voiture en aboyant, tenta de mordre les pneus, s'élança de toutes les forces de ses jarrets puissants, se fit rapidement distancer mais ne renonça pas. La voiture et le chien se fondirent dans la nuit.

Mathis se précipita à sa poursuite, se débarrassa de sa robe de chambre pour courir plus vite, il écorchait ses pieds nus sur le gravier, arriva à la route, appela Molosse à pleins poumons. Peine perdue. Au carrefour de la départementale, la voiture alluma ses phares et disparut bientôt dans la nuit. Molosse ?

Une lumière s'alluma à l'étage sur la façade de derrière. Leur chambre, Camille !

Hors d'haleine, Mathis retourna vers la maison. Un jerrycan d'essence !

La lumière extérieure de la maison s'alluma à son tour. Camille apparut sur le seuil, aux trois quarts endormie, en chemise de nuit. Mathis balança prestement le jerrycan dans le fossé, froissa un bout de tissu sanguinolent dans la boule de sa robe de chambre, adopta une mine désabusée. Elle ne devait rien savoir, elle serait morte d'inquiétude.

– Molosse ! Il piaffait derrière la porte et idiot comme je suis, j'ai cru qu'il voulait faire ses besoins. Ses besoins, mon œil, oui ! Mister Molosse a dû flairer un chevreuil ou un truc du genre. Impossible de le retenir, il est parti comme un fou. J'ai essayé de le rattraper, mais cours toujours. Retourne te coucher, chérie, je vais l'attendre, il reviendra, pas de souci. Bonne nuit.

Mathis tentait de noyer le poisson et l'inquiétude de sa femme sous un flot de paroles. D'éviter ses questions.

– Y'avait pas un bruit de voiture, j'ai cru...

– Une voiture ? Ah oui, la voiture ! Eh bien oui, une voiture qui roule... ça existe les voitures qui roulent dans la nuit... Tu n'as pas entendu le chevreuil, les braillements qu'il a poussés ?

Camille secoua la tête. Elle avait bien entendu des cris, mais il lui avait semblé que c'était dans ses rêves.

— Si tu veux mon avis, celui-là, il lui manque un bout de gigot. Quand on connaît les dents de Molosse, le pauvre…

Molosse arriva à point nommé, haletant et la langue pendante. Il descendit d'un trait la moitié de sa gamelle d'eau.

— Dis donc, Molosse, ça te prend souvent de réveiller papa en pleine nuit pour gambader après un gibier. C'est quoi, cette éducation, sale bestiole ? Allez, couché dans le panier, zou, je ne veux plus t'entendre de la nuit.

Camille devait être sacrément fatiguée, elle retourna se coucher sans approfondir la chose.

Mathis avait passé une sale nuit, il avait eu du mal à se rendormir, tous les sens aux aguets. En outre, les effets secondaires de humulus lupulus sous sa forme fermentée étaient redoutables. Il en avait été quitte pour quelques allers-retours nocturnes entre le lit et les toilettes.

Il en avait chaque fois profité pour jeter un coup d'œil dans la chambre de Rose. Elle dormait. Et surprenait chaque fois Molosse, pas habitué à ses rondes de nuit, vautré sur le canapé. Le chien faisait de son mieux pour s'en extirper aussi prestement que possible, mais son corps massif laissait sur les coussins des creux profonds qui le trahissaient.

Mathis le sermonnait sans conviction, vidait sa vessie en se tenant au mur et remontait les escaliers en trainant des pieds.

Mais sa décision était prise. On ne dirait rien aux flics, Molosse et lui se chargeraient de la sécurité de la maison. Molosse avec ses cinquante kilos de muscles, et lui, avec son mètre quatre-vingt-dix taillé comme une asperge. Rambo (avant le bodybuilding) et Doggyguard. L'équipe de choc. Ils avaient fait leurs preuves, non ? Avec tout un arsenal technique qu'il devrait encore acheter, la maison serait plus sûre que la Banque du Luxembourg.

Lever au radar, petit-déjeuner rapide, brossage de dents expédié, Mathis était à peu près présentable. À l'exception des poches sous les yeux, souvenirs de la nuit, dans lesquelles il aurait aisément pu ranger son goûter.

– J'y vais, Camille ! À ce soir. Mais laisse Molosse à la maison, il est puni à cause de cette nuit. Tu te passeras de ton garde du corps pour sortir, OK ?

– À ce soir, mon chéri ! OK.

– Bisous. Bisous, Rose.

Son plan était simple : il allait passer à l'agence, dire aux employés qu'il partait prospecter les entreprises du coin et filer à Marseille pour acheter tout ce dont il avait besoin pour sécuriser la maison. Il aurait pu le faire à Aix-en-Provence, mais il risquait de tomber sur des gens qui le connaissaient.

– Et maintenant, murmura-t-il pour lui-même, direction l'armurerie. Un peu de plomb dans la cervelle ne leur fera pas de mal.

Muni de son permis de chasse dont il n'avait jamais fait usage, mais qu'il renouvelait tous les ans avec la ferme intention de « s'y mettre cette fois », Mathis entra dans l'armurerie avec une idée bien précise en tête. Et ce n'était pas la législation française, nettement moins rigoureuse que celle du Luxembourg, qui contrarierait ses plans.

–Nous habitons en pleine nature et les bestioles viennent nous narguer jusque devant la porte, expliqua-t-il en riant. Je ne suis pas le genre à battre la campagne des heures durant pour abattre un lapin ou un sanglier, mais si on vient me provoquer devant ma porte...

Il lui aurait été difficile de trouver explication plus anodine.

Le vendeur examina scrupuleusement son permis de chasse, s'assura de son identité et consentit à renseigner ce bobo qu'il classa dans la catégorie « chasseur du dimanche, et encore, juste avant l'apéro ». Le brave petit bourgeois qui veut fièrement poser un civet devant madame qui ne pourra qu'être admirative. Et on sait jusqu'où mène l'admiration... Un fusil en porte-étendard pour redonner un coup de polish à une virilité semi-automatique, voire manuelle.

Il entendait bien ne pas laisser filer un tel gibier. Le vendeur prit le vent, se mit à l'arrêt devant lui, le fixa implacablement avec les yeux d'acier d'un 16 mm, l'entreprit sur le flanc avec un semi-automatique à chevrotine, le rabattit vers un râtelier de carabines américaines contre lequel il l'accula, la gorge plaquée contre la vitrine par un Wyoming 22 mm du plus bel aloi et il lui porta l'hallali en aboyant les caractéristiques d'un Luger semi-automatique de 14 mm « tout simplement irrésistible » sur lequel il monta prestement une lunette de visée nocturne sans laquelle un « chasseur de son calibre » n'aurait été qu'un simulacre de chasseur.

Dans la foulée, il lui apporta une boîte de munitions, non, le mec était sérieux, trois boîtes de munitions, des balles, de la chevrotine et des plombs, qui lui permettraient d'abattre tout le gibier que la France comptait. Ou ne comptait pas, ou plus, ou pas encore.

Lorsqu'il sortit de l'armurerie, Mathis ne savait plus vraiment où se trouvait le nord. Le temps de reprendre ses esprits, et pour être bien sûr de ne pas avoir oublié comment introduire les munitions, il se mit en devoir de charger son fusil. Satisfait, il expulsa la cartouche et posa l'arme sur le siège arrière.

Son GPS lui indiqua la route jusqu'à la destination suivante : le magasin de « matériel de protection des biens et propriétés » en plein centre-ville. Mathis gara sa voiture derrière le magasin et regarda ses deux mains gauches en les suppliant de devenir adroites. Camille n'allait pas en revenir qu'il se lance ainsi dans le bricolage. Elle ne pourrait pas l'aider pour certaines choses. Elle ne devait pas tout savoir. Inutile de l'inquiéter.

Deux heures plus tard, il en ressortit avec un carton plein de détecteurs de mouvements, de caméras à infrarouges, de fils et interrupteurs divers et de bidules dont il ignorait jusqu'au nom et l'utilité. Il était tout de même parvenu à tenir tête au vendeur qui tentait de lui imposer un détecteur de mouchards capable de révéler un micro ou une caméra cachés à une cinquantaine de mètres. Le prix était déjà à lui seul dissuasif. Et puis il n'était pas parano à ce point. Point à vérifier d'ailleurs.

Il était aussi plus riche d'un calepin plein de schémas de branchements que le conseiller avait bien voulu lui dessiner, persuadé, et à raison, que son client n'avait rien compris.

Et une bombe de peinture rouge vif. Un truc qu'il avait appris en regardant un jour à la télévision un reportage sur les agressions faites aux femmes dans la rue. Pas aussi efficace pour se défendre qu'un spray au poivre, mais nettement plus pour suivre à la trace n'importe quel assaillant. Un bon coup de rouge si possible sur le pif et n'importe quel concitoyen un tant soit peu bienveillant et bien voyant pouvait indiquer la direction prise par le fuyard. « Sur le pantalon, avait précisé le commentateur. En effet, s'il est facile de se débarrasser en pleine rue d'une veste ou d'un pull, c'est nettement plus compliqué lorsqu'il s'agit du pantalon. »

Pas faux ! Qu'on l'agresse dans la rue et il deviendrait le Basquiat provençal. Street art sur modèle vivant !

Il ouvrit le coffre et y rangea soigneusement le tout.

Au moment de monter en voiture, il retomba sur terre aussi rapidement que le vendeur l'en avait fait décoller avec son bagout.

Sous un essuie-glace... Et ce n'était pas un PV !

Mathis blêmit. Son cœur lui remontait jusqu'au fond de la gorge. Ses bras, ses jambes, la pointe de ses orteils pesaient un âne mort. Son cerveau tentait de reprendre le contrôle. Enrayé comme un vieux flingue, il crachotait, inconscient :

– Putainputainputainputainputainputain...

– Ça va pas, monsieur ?

Mathis parvint à tourner la tête. Ses cervicales n'avaient pas dû être huilées depuis des décennies. Son regard rencontra celui d'un vieil homme perplexe.

– Ça va pas, monsieur ?

Il était sourd le vioque ? Il lui avait répondu, non ? Non ? Peut-être pas. Ah oui ! Bon... Une purée de vocables sans suite se bousculait dans son cerveau, mais ne franchissait pas ses lèvres.

– Vous avez quelque chose, monsieur ?

– Je... oui... enfin non... Je ne sais pas...

– Vous êtes sûr de pouvoir conduire ?

– Vous voyez, c'est-à-dire que…

Ses membres se délièrent d'un coup, il largua tout son matériel sur la banquette arrière, s'empara du petit rectangle de carton et s'engouffra dans la voiture.

– … faut que j'aille chercher le pain ! hurla-t-il paniqué.

– Vous êtes vraiment sûr de pouvoir…

Mathis avait déjà démarré. Il écrasa le frein. Son visage heurta rudement le volant. Oublié de mettre sa ceinture. Une petite berline aux vitres teintées venait de lui couper la route et s'était arrêtée à un cheveu de son capot. Il devina plus qu'il ne vit derrière la vitre arrière un visage qui grimaçait en le regardant. La berline redémarra.

Des plaques luxembourgeoises.

Cette fois, son postérieur était de plomb, et du plomb figé refusait de circuler dans ses veines. Il resta comme plaqué sur le siège par de puissantes mains invisibles qui lui enserraient le cœur et la gorge.

– Monsieur, vous devriez peut-être…

– Faites chier à la fin ! Vous n'avez rien de mieux à foutre qu'emmerder le monde !

Mathis démarra en faisant patiner l'embrayage, le cœur au bord des lèvres.

– Quel con je fais, je n'ai même pas pensé à relever la plaque ! se maudit-il.

Il tourna à l'angle de la rue et se gara sur la première place venue. Il devait savoir.

Kuerzzäitbilljee, valable le 23.07.2019 de 12:47 à 14:47 sur toutes les lignes…

Le 19 était entouré d'un cercle. Il retourna le billet. Même laïus griffonné au dos, mais suivi du chiffre 2.

C'est alors seulement qu'il réalisa qu'on l'avait suivi. Depuis Éguilles, depuis chez lui. Sa maison. Il en fut terrorisé, anéanti. On le surveillait, on le filait, on le menaçait, on l'encerclait, on..., pensait-il en boucle.

– Putain, mais c'est qui ce « on » ? hurla-t-il en tambourinant comme un sourd sur le volant.

Il se figea soudain dans son hystérie.

– Je suis con ou quoi ? marmonna-t-il les yeux hagards. Tu es complètement à la masse, mon pauvre Mathis. Tu piques ta crise comme un gros bébé, il est mignon le gros bébé qui pique sa crise, mais il est complètement con, le gros bébé qui pique sa crise, mais qu'il réfléchisse un peu nom de Dieu de nom de Dieu ! Pendant qu'on te surveille ici...

Le détecteur de mouchards. Il aurait dû l'acheter. Des images s'imposèrent devant ses yeux, la maison, isolée, le bus scolaire, qui s'éloigne, sa fille à l'intersection de la départementale, seule, les cinq cents mètres à pied jusqu'à la maison, longs, les taillis, touffus. Les taillis, non, non, pas les taillis, cours Rose, cours, les taillis ! Un homme en surgit, une main enserre son cou, l'autre plaquée sur sa bouche. Molosse qui ne se rend compte de rien de la maison. Cet imbécile qui se dore au soleil, ah non, il n'y a pas de soleil, raison de plus, idiot ! Cavale, cavale, nom d'une pipe, cavale au secours de ta maîtresse...

Il sentit comme un gros caillou au fond de sa gorge et son ventre fut parcouru de convulsions.

Contact, moteur, action ! Clignotant, crissement de pneus, hurlement du moteur, rapport supérieur. Feu rouge. Ça commençait bien !

– Tu vas passer au vert, merde ! hurla-t-il au feu.

Sa jambe tremblait sur l'accélérateur, tentée de mettre les gaz.

Mathis se réjouissait toujours d'apercevoir au loin la mairie d'Eguilles, un château du XVIIe siècle bien entretenu qui dominait la campagne provençale sans toutefois parvenir à faire de l'ombre au massif de la Sainte-Victoire, depuis toujours le motif préféré des peintres. Mais cette fois, ni la beauté de la mairie ni celle de l'église Saint-Julien, ni la perspective de retrouver les petites rues, les placettes, les lavoirs et les nombreux et usants escaliers de pierre du village ne parviendraient à le mettre en joie.

Il titillait la pédale d'accélérateur tout à son angoisse d'arriver trop tard !

Il aperçut les gyrophares de la gendarmerie en arrivant à l'intersection de la départementale. Chez lui. Il sentit son cœur reflué dans l'estomac, un horrible frisson glacial parcourut son échine et pointa directement sur son anus qui menaçait de lâcher.

– Merde, merde, merde, merde, merde. Mais c'est pas vrai, dis, c'est pas vrai ! Mais c'est quoi ce binz ? Y'a pas les flics chez moi, hein ? C'est trop grave. Mais tu te bouges, putain de bagnole. Magne-toi, j'te dis ! hurlait-il en écrasant l'accélérateur.

Des larmes inondaient son visage, les dents serrées, les ailes du nez douloureuses, l'air qui refusait de rentrer dans sa poitrine. Cinq cents mètres. Il allait crever avant.

Dans son délirium, il ne remarqua même pas qu'il avait franchi l'entrée de la propriété. Les gendarmes lui faisaient des signes désespérés. Il écrasa la pédale de frein, la voiture partit en crabe et finit sa course contre une borne. Pas trop de mal. On s'en fout.

– Putain de ceinture, mais tu vas t'ouvrir ! Rose ! Camille ! Camiiiille ! Rooooose ! Mais elle va s'ouvrir cette ceinture...

La porte du côté passager s'ouvrit de l'extérieur. Un gendarme le fixait d'un regard qui se serait voulu apaisant. Gendarmes, drames, Camille, Rose... pas vraiment apaisant.

Le regard fou, les lèvres tremblantes, il tirait sur la ceinture comme un damné.

– Camille ? Rose ? parvint-il enfin à articuler. Camille ? Rose ?

Rose. Son papa complètement paumé, paniqué dans sa bagnole. Si vulnérable, comme toujours. Elle se jeta en larmes à son cou par la portière conducteur.

– Ça va, papa, hoqueta-t-elle. Maman aussi, ça va.

Mathis la regardait sans comprendre. C'était quoi alors, ces flics, leurs gyrophares et tout ce binz ?

Un gendarme se pencha par la portière passager, écarta sa main crispée sur la ceinture récalcitrante et la défit d'une main tranquille.

– Venez, monsieur Ries. On va vous expliquer, dit-il.

Complètement perturbé, retourné au stade du bébé fixé sur sa maman, Mathis se pencha pour sortir de son côté. Le levier de vitesses dans les côtes, l'accoudoir qui faisait barrage, il s'obstinait en soufflant un air qui était enfin revenu dans ses poumons.

– Papa ! De ce côté. Allons, papa, regarde-moi, viens de ce côté, murmura-t-elle maternellement.

Mowgli devant le serpent. Impuissant, le cerveau vide, les membres patauds, incapable d'agir par lui-même. Il finit par sortir de la voiture, un sourire benêt sur les lèvres tremblantes.

Les gendarmes s'écartèrent pour le laisser passer. Sa femme lui apparut. Il expulsa tout l'air de ses poumons. Elle était debout, entière, vivante. Il exultait. Elle fixait le sol d'un air misérable.

Il baissa les yeux et une forte envie de vomir le secoua.

Molosse !

Le chien gisait dans l'herbe, les yeux exorbités, la langue gonflée et bleuie pendante sur le sol, les pattes avant et le poitrail recouverts de sang. Un piège à renard enserrait son cou.

Mort dans l'exercice de son devoir. La revanche de la nuit.

Sentant Mathis à deux doigts de tourner de l'œil, un gendarme prit l'initiative.

– Monsieur Ries, votre femme nous a appelés en découvrant votre chien ainsi.

Le regard de Mathis passait de sa fille à sa femme puis au chien, ne s'y attardait pas, retournait vers sa femme et les lèvres de ce gendarme qui débitaient des insanités qui n'avaient rien à faire ici. Il le regardait sans comprendre, voulut l'interrompre pour lui dire que le cauchemar était terminé, qu'il pouvait rentrer chez lui, que sa femme l'attendait, peut-être même son chien. Il avait un chien ? Que tout ça n'était pas réel. Pas son chien, pas chez lui. Ils étaient une famille tranquille, nom d'une pipe ! Qu'on leur foute la paix et aille jouer les héros ailleurs.

Le regard de sa femme le ramena sur terre. Il réalisa que sa fille, sa petite fille, la douce Rose innocente et fragile, le tenait par le bras et se balançait doucement contre lui. Le berçait.

Mathis prit sur lui et des mots sortirent de sa bouche.

— Comment c'est arrivé ? murmura-t-il.

— Votre fille est rentrée à la maison, peut-être un quart d'heure avant votre femme, et il était encore bien vivant. On suppose qu'il a dû être attiré par l'appât dans le piège, qu'il est allé le renifler de trop près et que le piège s'est refermé sur son cou. Votre chien est solide, dit le gendarme. Nous avons relevé des traces dans le gravier, il a réussi à se traîner jusqu'ici parce que le piège n'était pas trop loin. Peut-être juste de l'autre côté du chemin.

— Mais c'est dégueulasse ! hurla Mathis. On n'a pas le droit de poser un piège à deux pas de notre maison. C'est qui, le fils de...

— Mathis, l'interrompit sèchement, mais doucement, Camille. Calme-toi, veux-tu !

Oui maman, faillit-il répondre. Dans un accès de lucidité, il se rendit compte du pitoyable spectacle qu'il donnait de lui-même.

— Il faut qu'on retrouve qui a fait ça, dit-il avec des trémolos presque fermes dans la voix. C'est complètement dingue. Foutre un piège devant notre maison. Y'a des tarés sur cette terre, tout de même ! Vous allez le coffrer, dites ?

La voiture, le coffre, le flingue sur la banquette arrière, pensa-t-il soudain. Tout le matériel de surveillance, les caméras à détecteur de mouvements et tout le binz. Il ne fallait pas qu'ils le trouvent. Allez expliquer ça à un flic !

La lutte reprit sous son crâne. Et s'il disait tout, la poupée... Rose ou Camille avaient-elles évoqué la poupée décapitée ? Il ne fallait surtout pas. Si, il aurait mieux valu. Si les flics savaient tout, c'était à eux de jouer. Il pouvait se confier, se fier à eux, se reposer sur eux, lâcher prise. Mais... Mais quoi, mais ?

Tu veux jouer les héros, Mathis, le protecteur de la famille ? Appelez-moi Dieu, je veille sur votre destinée. Ou c'est davantage pour protéger tes petites activités lucratives mais prohibées ?

Un gendarme l'interrompit dans ses pensées.

— Bien, nous avons relevé toutes les traces. L'heure de l'incident nous est connue par votre témoignage, madame Ries. Mademoiselle, autre chose ?

— Non, répondit Rose en secouant la tête.

Le gendarme se racla la gorge.

— Nous ne pouvons pas laisser le chien ici. Nous devons l'emporter chez un vétérinaire. Vous pourrez y aller demain pour décider avec lui de ce que vous en ferez, d'accord ? Vous deux, prenez une couverture de survie et vous mettez le chien à l'arrière de la voiture.

Les hommes s'exécutèrent. Rose s'effondra contre son père en pleurant. Mathis passa son bras autour de ses épaules. En père protecteur. Enfin !

— Vous passerez demain à la gendarmerie, madame Ries, avec votre fille. Il faudra faire une déposition et porter plainte. Quant à nous, nous tâcherons de savoir quel individu a pu commettre une telle hérésie. À demain, donc. Je suis désolé pour votre chien. Courage, Rose, ajouta-t-il avec un petit clin d'œil.

Mathis remarqua soudain ce que personne n'avait vu dans le feu de l'action. Dans un angle de la première marche menant à la maison...

VI.

K*uerzzäitbilljee, valable le 31.07.2019 de 17:32 à 19:32 sur toutes les lignes...*

Le 1 de 31 était entouré d'un cercle et une accolade le reliait au 43.

Au dos, numéro 3.

Cette fois, Mathis n'avait même pas pris le temps de se rendre dans son sanctuaire, il s'était réfugié dans les toilettes pour déchiffrer le ticket de transport. Il s'assit sur la lunette, le menton entre les mains, le front soucieux. Il en oubliait presque de respirer.

Il resta ainsi un bon moment, ruminant les événements dans tous les sens. La poupée, les tickets de transport, l'intrusion nocturne, le chien, la voiture luxembourgeoise...

Mais nom d'une pipe, pourquoi des billets de transport ? Tous de juillet 2019. Ça devait pourtant vouloir dire quelque chose. Autrement, le mec en question aurait tout aussi bien pu marquer ses « codes » au dos d'une carte postale. Ou même sur du PQ. Car ça ne pouvait qu'être des codes qu'il aurait dû pouvoir déchiffrer. Sinon, ça n'avait aucun sens. Il tenta de se remémorer ce qu'il avait fait ces jours-là.

En vain.

Par bonheur, ni Camille ni leur fille n'avaient pensé à faire le rapprochement avec la poupée. Les deux « incidents » n'avaient pour elles aucun lien.

On toqua à la porte.

– Papa, t'en as encore pour longtemps ?

– Hmmm ?

– Ben oui, quoi, faudrait voir à ne pas privatiser les petits coins. J'ai envie de faire pipi !

Mathis soupira, voulut relever son pantalon. Il ne l'avait même pas baissé. Se ravisa, rajusta son col de chemise pour se redonner une dignité et ouvrit la porte.

– Tu ne tires pas la chasse d'eau, p'pa ?

– Hmmm ?

– La chasse d'eau, p'pa. On la tire quand on sort des toilettes.

Mathis se pencha dans la porte des WC, s'empara du rouleau de papier toilette et pivota sur ses talons en direction de son bureau.

– He, p'pa, ça peut aussi me servir, laisse-le ici.

– Zut à la fin, qu'est-ce que tu veux au juste ?

– Tu es sûr que ça va, p'pa ? D'abord tu ne tires pas la chasse et ensuite tu embarques le PQ. Et tu ne t'es pas lavé les mains, je parie.

– C'est vrai, marmonna-t-il.

Il entra dans les toilettes, ferma la porte à clef et s'installa sur la lunette, cette fois dans les règles de l'art.

– M'enfin, p'pa. Pas besoin de t'enfermer pour te laver les mains, s'exaspéra la fillette en tambourinant sur la porte.

– Y'a pas moyen de chier tranquille dans cette baraque ! hurla Mathis.

– Maman ! Maman ! Y'a papa qui s'est enfermé dans les toilettes.

– Et alors, moi aussi, je ferme ma porte quand je vais aux toilettes. Qu'est-ce qu'il y a de si extraordinaire à cela.

– Si la terre entière est contre moi... soupira la fillette en donnant un dernier coup de savate dans la porte.

Elle alla bouder dans sa chambre. Pleurer, surtout. Molosse…

Mathis se leva d'un bond, surgit des toilettes et traversa la maison au pas de course. Pourquoi n'avait-il pas compris plus tôt ? 1, 2, 3. Il allait jouer aux dominos. En les mettant bout à bout, il aurait peut-être un début de solution.

– Qu'on ne me dérange pas, j'ai du boulot. Des prospections à mettre à jour, bafouilla-t-il en passant devant sa femme qui le regardait, les yeux rougis.

– J'espère que tu ne reçois pas de clients, mon chéri. Pas dans cet état.

Mathis s'arrêta net, le ticket de transport de Luxembourg au bout des doigts.

– Qu'est-ce qu'il a, mon état ?

– Regarde-toi, mon chéri. Je ne suis pas ta maman. Tu sais, tu es grand maintenant.

Mathis jeta un œil vers ses pieds. La chemise flottait au vent et sa braguette était ouverte.

– Mathis, sanglota-t-elle en se jetant dans ses bras. Ce pauvre Molosse nous met dans tous nos états. Il faut que l'on soit forts tous les trois. J'ai besoin de tes bras comme toi de mon épaule. Pleure, si ça peut te faire du bien.

Mathis la serra dans ses bras, le menton posé sur son épaule pour mieux voir le ticket de transport.

« 1 et 43, ça doit bien vouloir dire quelque chose quand même ? »

Camille sanglotait contre lui, répétait en boucle le nom de Molosse, s'essuyait le nez dans le col de sa chemise, finit par s'apaiser.

Mathis la repoussa aussi doucement qu'il le put et se dégagea en lui caressant distraitement la joue.

Elle le suivit du regard alors qu'il s'éloignait vers son sanctuaire, le dos courbé, les épaules ballantes, la chemise à moitié sortie du pantalon. Il paraissait si vulnérable. Il était si vulnérable.

Elle se précipita derrière lui alors qu'il allait fermer la porte.

– Tu as perdu quelque chose ! s'exclama-t-elle en se penchant.

Mathis se retourna comme piqué par un scorpion, plongea en avant, sa tête heurta violemment celle de Camille qui recula sous le choc, à demi assommée contre une petite table basse.

– Mais enfin, tu aurais pu faire attention ! cria-t-elle. Qu'est-ce qui valait ainsi le coup de me mettre K.O. ?

Mathis fit disparaître le titre de transport dans son poing.

– Euh... un marque-page. Désolé, ma chérie. Ça ira ? bafouilla-t-il en refermant la porte.

Il aurait pu se mordre le derrière de tant de bêtise. Mais qu'est-ce qui lui prenait d'être idiot à ce point ? Pas un mot pour sa fille pourtant visiblement très triste, pas une seconde de tendresse pour sa femme qui lui en témoignait tant.

Pire, il les mettait peut-être en danger pour se protéger lui-même. Il aurait été si simple de tout raconter aux flics. Ils enquêtaient, arrêtaient le ou les mecs qui le harcelaient, le ou les mettaient au gnouf et la vie continuait.

Au lieu de cela, lui qui était taillé comme une biscotte et tout juste capable d'ouvrir un tube de mayonnaise sans se blesser, il s'était mis en tête de jouer les Rambo et de monter une installation de surveillance complexe.

Et tout ça, dans le dos de ses deux femmes. Comme un gosse qui pique un pot de confiture sur l'armoire. Et encore, il aurait été fichu de tomber du tabouret. Il faudrait qu'on lui colle sous le nez le corps de sa femme avec un collier denté en acier autour du cou pour qu'il comprenne ? Ou sa fille.

Il eut un haut-le-cœur à cette seule pensée.

« Tu es complètement taré, mon pauvre Mathis. Comment ils disent déjà, ici ? Ah oui, fada, tu es complètement fada. Tu vas gentiment aller à la gendarmerie demain, avec Camille et Rose, et tu vas tout leur raconter. Demain. »

Son regard tomba sur le ticket de transport et ses bonnes résolutions passèrent instantanément à la trappe. Il sortit les deux autres billets et les mit bout à bout.

KZ 19 1 43

Il sortit une feuille vierge et écrivit soigneusement le rébus qu'il venait de reconstituer.

KZ 19 1 43... KZ 19 1 43... KZ 19 1 43..., marmonna-t-il.

Peu de chance que ce soit une recette de gâteau cerise-citron à cuire à 143 degrés pendant 19 minutes. Ce n'était pas non plus une immatriculation de voiture, du moins pas d'une voiture luxembourgeoise. Il pourrait toujours le composer sur son téléphone, des fois que le Kremlin décroche... Il était bien avancé avec tout ça.

On toqua à la porte.

– Hmmm ?

– On mange, mon chéri !

« Je vais éviter de passer pour un débile, cette fois, pensa-t-il. » Il rangea les tickets dans leur tiroir, posa le stylo bien parallèlement à l'arête de la table, déchira la feuille en petits morceaux, la jeta dans la poubelle…

– Tu pourrais répondre, Mathis !

Ah bon. Il n'avait pas répondu ? Il aurait pourtant juré.

Camille s'était pliée en quatre pour le repas du soir. Elle avait fait le menu préféré de Rose : des cordons bleus avec des frites à la graisse de canard. Une salade verte pour alléger le tout, mais ce n'est certainement pas Rose qui lui ferait du mal. À croire qu'elle était allergique à la verdure.

En tous cas, ça ne pouvait pas manquer de sel vu les litres de larmes que Camille avait versés dessus.

Repas sinistre, terne, triste, insipide. On évita de parler de Molosse, mais il était dans toutes les pensées. Dans presque toutes les pensées…

Rose faisait tournicoter ses frites du bout de sa fourchette qui n'atteignait jamais sa bouche. La tête penchée, calée par son poing fermé, elle reniflait à grand bruit dans l'espoir d'attirer l'attention de ses parents. Camille s'appliquait à mettre un peu de ferveur dans la soirée, faisait tinter et cliqueter ses couverts, servait à son mari un bon verre de rosé de Provence, son péché mignon. Vidait le sien en regardant son mari plongé dans ses pensées. « Le pauvre, pensait-elle, il n'extériorise rien, il va finir par nous faire un ulcère. » Versait une petite goutte de rosé dans le verre déjà plein de son mari, pour l'encourager à boire. « Ça lui ferait du bien, il pourrait un peu lâcher prise. »

« KZ 19 1 43… KZ 19 1 43… KZ 19 1 43…, pensait-il en boucle. Ça doit bien vouloir dire quelque chose, merde ! »

Elle envisageait déjà le coucher. Elle mettrait sa nuisette coquine, tamiserait les lumières pour dissimuler à sa vue ses bourrelets naissants, séquelles de la naissance de Rose auxquelles il adorait se cramponner pendant l'amour. Elle l'embrasserait doucement, titillant son oreille de la pointe de la langue, il adorait, puis elle descendrait le long de...

– Bien, fit Mathis. C'est que j'ai du boulot, moi. J'y retourne.

Il se leva, jeta sa serviette sur la table et lui tourna le dos sans autre forme de procès. Camille décida d'achever ce qu'elle avait si bien commencé, en douce, en faisant la cuisine : elle vida le verre de son mari, remplit le sien, le vida dans un souci d'égalité.

Et tomba en larmes dans les bras de sa fille qui n'attendait que ça.

Mathis tendit l'oreille. Les deux femmes étaient montées à l'étage et il avait entendu leurs portes se fermer. Il sortit silencieusement de son sanctuaire, se dirigea vers la porte d'entrée, évita de faire crisser le gravier sous ses pas et en quelques allers-retours, il avait vidé la voiture de son « matériel de protection des biens et propriétés », comme on disait si élégamment.

Il sortit le calepin plein de croquis et se mit en devoir de mettre les consignes en application. Un certain fabricant de meubles suédois n'y aurait pas retrouvé ses petits.

Alors lui... Il rassembla les quelques connaissances acquises lorsque, enfant, il avait monté avec son père une petite radio en kit qu'il avait reçue pour Noël. Peu probable que cela l'aide beaucoup, mais c'était mieux que rien. Et puis, appliquer les consignes, il n'avait fait que ça pendant des années dans ses anciens boulots.

Lorsqu'il alla se coucher, bien des heures plus tard, l'assemblage soigneusement monté sur le parquet de son bureau devait, en théorie du moins, fonctionner. Il se glissa doucement dans le lit. Quelques heures pour dormir, pas plus. Et demain matin, la théorie devrait devenir pratique.

Dans son sommeil quelque peu embrumé de toutes les nuances de rosé, Camille se colla contre lui, posa sa tête sur sa poitrine en ronronnant avec gourmandise. Sa main trouva d'instinct son sexe et se fit câline.

Mathis se laissa tenter. Il creusa les reins pour aller à la rencontre de sa main, posa la sienne sur un sein tiède et doux, la fit descendre le long du ventre sur la soie crissante de la nuisette, s'aventurer dans le duveteux buisson de son pubis, glisser la culotte le long de ses jambes… Camille émit un léger ronflement.

Game over…

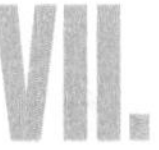

VII.

Tu ne te lèves pas, chéri ?

C'était la troisième fois que Camille revenait à la charge, sans succès. Mathis restait inerte au fond du lit.

— Travaillé tard... sommeil, ânonna-t-il entre ses dents serrées.

Elle-même sentait encore les effets du rosé et elle serait bien retournée se coucher. Aussi pour reprendre le câlin là où ils en étaient restés. Lui semblait-il du moins. L'alcool... Elle avait tout de même retrouvé sa petite culotte au fond du lit et elle n'y était certainement pas allée toute seule. Il s'était endormi, vraisemblablement, après toutes ces heures de travail.

Elle tenta vainement de le sortir du lit. Après tout, c'était lui le patron, il devait savoir. Elle retourna à la cuisine et finit son petit-déjeuner avec Rose.

Les yeux rougis, la fillette mâchonnait sans entrain une tartine dont la confiture de figue dégoulinait sur la table. De la bonne confiture de figue faite maison ! Camille passa l'éponge sur ce forfait. La mort atroce de Molosse excusait bien des choses chez la petite fille qui avait en grande partie grandi avec lui.

Camille sourit en revoyant sa fille à cheval sur le grand chien, ses pieds qui touchaient à peine le sol. Les siestes à l'ombre du pin parasol, la tête de Rose sur le ventre de Molosse, la respiration du chien qui la faisait monter et descendre à un rythme apaisé, berçait la fillette dans le sommeil.

— Pourquoi tu souris comme ça, maman ? demanda Rose.

– Je pense à Molosse, répondit la mère distraitement.

– Et c'est tout ce que ça te fait ? Sourire ?

Camille se rendit compte de l'absurdité de sa réponse.

–Non, non, se défendit-elle véhémentement. Je pensais à lui et à toi. Comme vous faisiez la sieste tous les deux sous le pin parasol. Quand tu montais à califourchon sur lui pour faire le tour du jardin.

La mère et la fille se regardaient en souriant, déformées par le kaléidoscope des larmes qui s'accumulaient dans le coin des yeux.

– Tu sais, il aura eu une belle vie avec nous. Il t'aimait tant... et toi aussi tu l'aimais. Pauvre Molosse.

Leurs mains se joignirent par-dessus la table. Le lait de Rose eut un petit goût salé ce matin-là.

Mathis entendit la porte d'entrée se refermer.

« J'ai jusqu'à midi pour tout monter, » pensa-t-il en repoussant aussitôt la couverture. Il prendrait sa douche après, il aura certainement transpiré... intellectuellement et physiquement. Il redoutait cette épreuve.

Autant il était capable de lire et appliquer scrupuleusement un schéma, autant il se sentait incapable de percer un trou dans un mur pour y fixer une caméra. Discrètement qui plus est. Camille et leur fille n'étaient ni idiotes ni aveugles et elles ne manqueraient pas de remarquer son installation. Il leur dirait que c'était pour surveiller à distance le futur prochain chien. Ils reprendraient bien un chien, non ? Par contre, il vaudrait mieux que d'éventuels visiteurs indésirables ne la voient pas. Ou trop tard.

Il enfila un vieux pantalon, mit un T-shirt en fin de vie et se rendit à l'atelier. De sa femme.

Bien ! Le vendeur lui avait noté le diamètre de la mèche à utiliser (il en avait acheté une pour éviter de fouiner dans la caisse à outils de Camille), la longueur des vis (idem), le type de cheville selon le support (brique, placo, moellon, pierre..., idem), mais si ce brave homme lui avait dit de mettre la perceuse sur percussion, il ne lui avait pas expliqué comment monter ladite mèche. Et lui n'avait pas voulu passer pour un crétin.

Internet, tuto, retour dans l'atelier... c'était comment déjà ? Retuto, cette fois la perceuse à la main. Opération réussie, case cochée, suivante. L'échelle ? Où avait-elle pu bien foutre cette maudite échelle ? Il se souvint l'avoir entendu bricoler au grenier, elle devait y être. Descente périlleuse de l'escalier. À un cadre de photo près tombé du mur et qui avait dévalé les seize marches, tout s'était bien passé.

Mathis regarda sa montre. 13 heures ! Il devait s'arrêter. Chef ou pas chef, il avait des obligations au bureau. Il descendit de l'échelle, contempla son travail avec satisfaction : une unique caméra, dans un arbre, pour surveiller le devant de la maison. Les trois autres ? Elles avaient passé avec succès l'examen théorique de la veille et attendraient encore un peu pour l'examen pratique. Il devrait se contenter de ça.

Le cœur battant, il se mit à son bureau, appuya sur ON et... le miracle eut lieu. Quelques petits réglages informatiques et le jardin devant la maison lui apparut nettement sur son ordinateur. Il aurait bien aimé monter au moins celle censée surveiller l'endroit le plus vulnérable : la porte du cellier à partir duquel on pouvait accéder à la cuisine et à toute la maison. Un autre jour...

– Eh bien dites donc, Mathis, vous ne vous êtes pas loupé sur ce coup-là ! s'exclama Arthur, l'un des deux employés de l'agence, en le voyant entrer. Vous faites une collection de poupées ?

Mathis regarda ses doigts, dont un certain nombre étaient plus ou moins adroitement emmaillotés avec de la gaze et du sparadrap.

Sandra pouffa en douce derrière son écran. La maladresse de Mathis était connue, au plus tard depuis qu'il avait voulu installer une étagère dans son bureau. La pharmacie du coin avait fait de bonnes affaires ce jour-là. Il avait pratiquement asséché son stock de pansements et n'avait pas pu taper à l'ordinateur pendant plusieurs jours.

Mathis préféra ne pas répondre et il disparut dans son bureau dont il referma la porte. Il était près de 14 h 30. Il consulta son agenda. Il avait décommandé le dernier rendez-vous pour avoir le temps d'aller à Marseille acheter ce fameux détecteur de mouchards. Il lui suffirait d'entrer dans le magasin, de poser le prospectus sur le comptoir pour couper court à toute discussion et le tour serait joué. Six rendez-vous jusqu'à 17 h.

Quatre hommes, dont un cas très difficile. Il avait occupé une bonne place dans un commerce pendant des années, mais l'engouement des consommateurs pour la vente en ligne avait fini par lui coûter son poste. Cinquante-trois ans, monotâche, il habitait un peu en dehors de la ville et avait dû revendre sa voiture pour des raisons financières. Un sérieux handicap. Mathis s'évertuait à lui trouver des missions : mise en rayons dans une grande surface, préparation de commandes, du petit secrétariat, réception de nuit dans un hôtel... Le brave homme faisait de son mieux, mais les clients ne redemandaient que rarement ses services.

Amalia, son premier rendez-vous. Une perle, gentille, attentive, volontaire et tout et tout. Deux filles de 6 et 9 ans. Le père ? Il fallait jongler entre les horaires d'école et de garderie, et la bonne volonté d'une voisine qui acceptait parfois de les garder. Ça lui déchirait le cœur, mais il ne parvenait que rarement à lui trouver des missions compatibles avec tout ça. La femme ramait à éduquer ses filles, faisait quelques ménages au black pour leur acheter des vêtements d'occasion corrects. Le frigo était le plus souvent vide.

C'est ce qu'il aimait dans son travail. Il était là pour les aider, il les écoutait, compatissait, réconfortait et, dans la mesure du possible, leur trouvait un travail. De l'intérim, malgré tout.

Au service des étrangers, à Luxembourg, tout ce qu'on lui demandait, c'était de faire le vide sur son bureau, d'éliminer des dossiers... et des gens. Des êtres humains aux histoires souvent tragiques. Il décidait de leur sort à l'abri de son écran et rentrait le soir à la maison pour retrouver le cocon familial. C'est pour cette raison qu'il avait démissionné.

Il décrocha pour Amalia quinze heures de ménage par semaine. Cinq fois trois heures, le matin de 5 heures à 8 heures, pour nettoyer des bureaux avant l'arrivée des employés. La voisine garderait un œil sur les filles. L'aînée ferait déjeuner sa petite sœur et elles partiraient ensemble à l'école. Amalia savait pouvoir compter sur elles.

Maintenant, il ne virait pas les gens, il les faisait embaucher. La nuance était de taille.

Mathis aéra la pièce avant son deuxième rendez-vous et il en profita pour visionner la caméra. Il n'aurait jamais imaginé qu'il y avait tant de vie devant leur maison pendant son absence. Des chevreuils qui s'enhardissaient jusque dans le jardin maintenant qu'il n'y avait plus le chien. Des écureuils curieux qui grimpaient sur les rebords des fenêtres, des oiseaux de toutes sortes et de toutes les couleurs qui piaillaient. Sans le son. Pas un intrus.

Mathis fit entrer son deuxième rendez-vous, s'assura que la porte était bien fermée et demanda par téléphone qu'on ne le dérange pas.

– Vous avez ce qu'il me faut ? demanda d'emblée le visiteur.

Type Europe de l'Est, ce que confirmait son accent, bien vêtu, presque élégant. Pas vraiment le genre de personne que l'on s'attendait à trouver dans une agence d'intérim. Au cours de leurs deux premières rencontres, toujours dans l'agence pour ne pas éveiller les soupçons, Mathis l'avait pourtant prié de se fondre dans la masse, de se présenter comme un homme sur le fil du rasoir, en quête d'une solution même provisoire pour sortir de la merde dans laquelle il était supposé être.

Mais cet homme était trop fier pour cela. Hors de question de passer pour un prolo ou un cas social. Il avait d'autres ambitions.

– J'ai ce qu'il vous faut. Je n'ai qu'une parole.

– Faites voir.

Ce type lui était désagréable et il se demandait s'il avait bien fait de se mettre en cheville avec lui. Il était tellement vantard qu'il était capable de vendre la mèche par pure bêtise. Et ça lui coûterait cher. Très cher même. Il n'avait aucune envie de goûter à la prison et imaginait déjà le désastre dans son couple. L'image que sa fille aurait de lui.

— Et vous, vous avez ce qu'il me faut ? demanda-t-il en frottant son pouce contre les pointes de son index et de son majeur.

— L'argent n'est pas un problème pour moi. Je n'ai qu'une parole, moi aussi. Alors ?

Mathis ouvrit lentement son attaché-case et en sortit une brochure de l'agence destinée aux demandeurs d'emploi. Il la posa sur le bureau.

— Entre les pages centrales.

L'homme s'empara de la brochure, l'ouvrit avec empressement et en extirpa une petite enveloppe brune. Il la décacheta.

— Pas dans mon bureau ! lui intima Mathis. Soyez discret, nom d'une pipe.

Il avait bien dit qu'on ne le dérange pas, mais un collaborateur pouvait malgré tout faire irruption dans la pièce.

— OK, mais je vérifie tout de même.

— Vérifier quoi ? C'est plus authentique que l'original.

L'homme le regarda longuement en hochant doucement la tête.

— OK, je vous fais confiance.

Il sortit une enveloppe de sa poche et la posa sur la table. Mathis la contempla quelques secondes avant de la prendre. Il la décacheta.

— Pas dans votre bureau ! s'exclama l'homme. Soyez discret, nom d'une pipe. C'est de l'original qui vient de la Banque de France et le compte y est. Vous pouvez me faire confiance, conclut-il non sans ironie.

Vantard et m'as-tu-vu, peut-être. Idiot, certainement pas. Mathis mit l'enveloppe dans son attaché-case qu'il boucla soigneusement.

Il se laissa aller en arrière dans son fauteuil, les poignets sur l'arête de la table, joignit les pointes de ses doigts et ferma brièvement les yeux. Pour être crédible, il devait le garder au minimum un quart d'heure dans son bureau. Il l'aurait pourtant volontiers éjecté sur-le-champ, affaire conclue.

– Maintenant que je suis en règle, je vais m'en mettre plein les poches. Bon business, croyez-moi. Une partie de l'année en Estonie pour le business, quelques mois à Paris pour le plaisir et le reste de l'année sur mon yacht aux Baléares ou aux Maldives. Des gonzesses, champagne à gogo...

Mathis le laissa décrire avec moult détails la vie de travail facile et de débauches dans laquelle il se complairait. Il regarda sa montre. À 15 h 07 pile, il le foutrait dehors, au besoin, en plein milieu d'une phrase. Il laissa errer ses pensées qui, contre son gré, revenaient sans cesse vers son problème.

Qui pouvait bien être le tordu qui le persécutait ainsi ? Et s'il mettait sa femme et sa fille en danger avec ses conneries ? Il ferait peut-être mieux de prévenir les flics, non ? Ouais, mais après ce qu'il venait de faire, il valait mieux les tenir à distance, ceux-là. S'ils perquisitionnaient sa maison et foutaient le nez dans le tiroir de son bureau, il était fichu. Comment expliquer la présence de formulaires administratifs à en-tête du Grand-Duché, de tampons tout ce qu'il y a de plus confidentiels, de cartes de séjour vierges ? Et où planquer tout ça ? Certainement pas dans son bureau !

« Quel merdier ! Dans quel merdier je me suis fichu, nom de Dieu ! »

– Et si j'ai des connaissances qui ont besoin de vous, je vous fais signe, dit l'homme en se levant.

Il l'avait complètement oublié, celui-là.

– C'est ça, avec plaisir, répondit-il machinalement.

L'homme referma la porte derrière lui. Mathis se précipita sur l'enveloppe. Le compte y était.

Le reste de l'après-midi se passa sans faits majeurs. Il avait trouvé du travail pour un jeune anglais qui n'était jamais redescendu d'un trip mais bossait correctement, et réorienté une mère de famille vers une formation d'assistante maternelle. L'intérim n'était pas pour elle.

17 heures, il raccompagna son dernier rendez-vous pour fermer la porte de l'agence. Les employés étaient déjà partis. Il se connecta à la caméra et vit arriver sa fille. Il lui fit un petit coucou à travers l'écran, mais elle ne put bien sûr pas le voir. Elle s'était approchée de la niche de Molosse, l'avait caressée du plat de la main et s'était dirigée vers la porte en pleurant. Il coupa l'image. Ce n'était pas correct. Rose n'était pas au courant et elle aurait pu en outre avoir un petit rituel secret en arrivant à la maison.

Il éteignit son ordinateur et mit rapidement de l'ordre sur son plan de travail.

Dissimulé derrière une pile de dossiers : *Kuerzzäitbilljee, valable le 03.08.2019 de 09:43 à 11:43 sur toutes les lignes...*

Il se figea, tétanisé à la pensée que son persécuteur avait pénétré dans son bureau. Un de ses rendez-vous ? Il passa mentalement en revue les candidats à un travail qu'il avait reçus dans l'après-midi. Élimina d'entrée de jeu Amalia, l'Anglais déjanté et le flambeur bosniaque. Quoi que... le Bosniaque... pourquoi pas ?

Parmi les trois autres, deux retinrent son attention. Une caricature de méridionale, l'accent à couper au couteau et le pastis toujours au bord des lèvres. Et une petite racaille dont la longueur du CV était inversement proportionnelle à celle de son poil dans la main.

Ce *** de *** avait eu le flan de venir le narguer jusque dans son bureau. Ou alors, il s'était juste introduit dans l'agence ce matin pendant qu'il n'était pas là et avait profité d'un moment d'inattention de Sandra et Arthur pour y déposer le billet.

Il fourra ce dernier dans sa poche, pas de temps à perdre. Il verrait plus tard. Le détecteur de mouchards, Marseille était un enfer aux heures de pointe !

VIII.

Marseille tenait toutes ses promesses. Tous les grands axes bouchés, les feux constamment au rouge, à croire qu'on en avait confié l'installation à un daltonien.

Mathis alluma la radio. France Inter. À cette heure-là, il y avait une émission humoristique animée par des Belges. L'idée lui plaisait bien, à lui, l'étranger, qu'une humoriste belge au nom imprononçable pour un français et son complice d'origine polonaise fassent une telle audience auprès de ces Français qui se prétendaient plus spirituels que le reste du monde. La Belgique, c'était un peu comme le Luxembourg...

Spirituels... spirituels... c'était vite dit. Du moins s'il se fiait aux coups de klaxon aussi rageurs qu'inutiles, aux jurons moyenâgeux qui fusaient par les vitres ouvertes des voitures et aux doigts pointés vers le ciel. Pas n'importe quel doigt. Vu le niveau de grossièreté, il fallait qu'il soit majeur.

Les informations bidon de l'émission parvinrent à le dérider et il regretta presque d'être « déjà » arrivé sur le parking du magasin alors que commençait un micro-trottoir des plus savoureux sur le remboursement des frais des parlementaires.

Vite, le magasin allait fermer dans une petite dizaine de minutes. Il descendait de voiture, le prospectus à la main, lorsqu'il la vit entrer sur le parking juste derrière lui ! La voiture luxembourgeoise qui lui avait coupé la route, la veille, sur ce même parking.

Son sang ne fit qu'un tour. Ils voulaient le suivre longtemps comme ça ? OK ! Il allait leur compliquer la tâche, et comment ! Ils ne connaissaient pas son arme secrète ? Eh bien, ils allaient y goûter.

Il la prit dans la boîte à gants, la dissimula derrière le prospectus et avança d'un pas décidé vers la voiture qui venait de s'immobiliser. Le conducteur le fixait d'un air tendu, Mathis le sentait prêt à bondir hors du véhicule pour se jeter sur lui.

Il jeta un coup d'œil rapide à la ronde. Personne. C'était maintenant ou jamais !

Il visa le pare-brise à hauteur de tête du conducteur.

– Ça t'amuse de me suivre, connard ? La prochaine fois, ce sera du plomb, compris ! Du plomb dans ta cervelle !

Il appuya sur le pulvérisateur et tartina consciencieusement une bonne couche de peinture rouge fluo sur le pare-brise.

« Qu'ils me suivent, maintenant, ces gros connards, qu'ils osent seulement maintenant. Qu'on puisse se marrer. » Il se précipita dans sa voiture et démarra sur les chapeaux de roue.

Dans la voiture luxembourgeoise, on n'avait pas bougé. Et surtout rien compris. L'Office du Tourisme n'avait pas évoqué ce genre d'individu au comportement compulsif.

Mathis jubilait. Il tapotait sur le volant au rythme d'une chanson qui passait à la radio.

« Ah les cons, plein la gueule qu'ils s'en sont pris. Lui faudrait un chien d'aveugle à leur caisse. Pan ! Dans le premier platane, s'ils me suivent. Ha ha ha, trop drôle ! Pas de risque qu'ils portent plainte, pas la conscience tranquille pour ça. Sûr qu'ils ont compris, maintenant... »

Le ciel était tout à coup si bleu, la campagne si paisible et accueillante. Et les filles, donc, sa femme, sa fille ! Tout était plus joli à ses yeux. Il avait marqué un gros point contre l'ennemi.

Il arriva chez lui de très bonne humeur, embrassa joyeusement Camille, tira la couette de Rose et fit le geste d'ébouriffer le chien. Ah non, pas de chien, c'est vrai, merde, ils nous l'ont tué. Tué. Pas barbouillé de peinture. Ils l'avaient liquidé de la manière la plus barbare, alors que Camille et Rose étaient à la maison, en plus.

Mathis sentit sa bonne humeur vaciller. Des tueurs. Ce n'était pas un peu peinture qui allait leur faire peur. Merde, merde, merde et remerde !

La mine soudain soucieuse, les épaules voûtées, il se rendit dans son bureau.

Il planqua aussitôt l'enveloppe pleine de liquide dans le tiroir avec les tampons et les formulaires, en sortit les trois tickets de transport qu'il y avait mis au fil des derniers jours et les aligna dans l'ordre.

KZ 19 1 43 et il y ajouta un D. La seule lettre qui était entourée sur le dernier billet au dos duquel une suite était annoncée, comme toujours.

KZ 19 1 43 D…

Ça allait aller encore durer longtemps, ce rébus ? se demanda-t-il. Avec un peu de chance, ce serait long comme le code d'une box en France ou quoi ? Qu'est-ce qu'il pouvait bien foutre de ça. On voulait l'inviter à jouer aux chiffres et aux lettres, l'émission préférée des retraités en fin d'après-midi à la télévision française ?

KZ, ça lui évoquait bien sûr les camps de concentration, l'abréviation de *Konzentrationslager* en allemand. Une langue qu'il maîtrisait plus que correctement, comme beaucoup de Luxembourgeois. Mais c'était de l'histoire ancienne, plus de 70 ans en arrière. On n'allait tout de même pas le menacer pour un truc qui avait eu lieu alors qu'il n'était pas encore né. Les camps, il y a longtemps que ça n'existait plus.

« Du moins en France, corrigea-t-il mentalement. Après, c'est vrai que dans d'autres pays, ça se pratique encore couramment, sous un autre nom. Camp de redressement et autres conneries. »

En attendant, il n'était pas plus avancé.

« KZ, KZ 19, KZ 19 1, KZ 19 1 43, KZ 19 1 43 D… », marmonna-t-il de plus en plus vite entre ses dents.

La Révélation ! Mais bien sûr, quel âne, comment n'y avait-il pas pensé plus tôt ? C'était sa propre classification des dossiers des demandeurs de la protection internationale au Luxembourg.

Le pays d'origine, l'année de la demande, le sexe et l'âge de la personne.

Kazakhstan 2019 homme 43 ans. Et le D, le niveau de danger auquel elle était exposée dans son pays. De A, danger imminent pour sa vie, à D, faible risque pour sa personne et E pour réfugié économique.

Il s'agissait donc d'un homme qui avait posé sa demande en 2019, un Kazakh qui avait 43 ans lorsqu'il était arrivé de son pays où il n'était pas exposé à de graves dangers.

Un de ceux qu'il avait refoulés.

IX.

Au moins, les choses étaient claires, maintenant. Ou presque. Il savait d'où venait le danger, mais pas de qui.

Mathis se creusa la cervelle et tenta vainement de mettre un nom ou un visage sur ce « matricule ». Les Kazakhs ne constituaient pas le gros de la troupe des postulants à la protection internationale, certes, mais... 2019 ! De l'eau avait coulé sous les ponts et il avait volontiers mis un épais écran, opaque et incassable, entre sa vie antérieure et maintenant.

Il y avait en outre peu de chance qu'il ait vu en personne cet individu. Son cas était, selon sa classification, on ne peut plus clair. Il avait dû émettre un avis de reconduite à la frontière sans même le convoquer. Tous les éconduits ne partaient pas, loin de là. Un certain nombre d'entre eux disparaissaient des écrans radar dans un monde souterrain où ils survivaient à coup de combines ou grâce à la solidarité de leurs compatriotes.

Quoi qu'il en soit, il n'était pas plus avancé.

Dans l'idéal, il lui faudrait connaître l'identité de cet homme, les détails de son dossier, les raisons du rejet de sa demande, savoir ce qu'il était devenu. Où il se trouvait, il ne le savait que trop. Quelque part tout près. Avec des intentions peu aimables à son encontre.

La poupée de sa fille ! Il s'en était pris à la poupée de sa fille, pensa-t-il soudain ! Cette exécution sommaire trahissait une vengeance personnelle. Il en voulait à sa fille. Mais pour quelle raison ?

Mathis se prit la tête entre les mains et se concentra. Il cherchait à se remémorer un incident quelconque dans lequel sa fille avait été impliquée. 2019, elle avait neuf ans, l'école primaire, une fillette tout ce qu'il y a de plus gaie et dynamique. Non, corrigea-t-il, un incident dont elle aurait été responsable. Une telle haine à son encontre, ce n'était pas une histoire de bonbons volés ou de petite copine qu'elle aurait repoussée.

Rien, nada, nichts, walou, nothing. Il pouvait tourner et retourner les idées dans sa tête, il n'en ressortait rien du tout. Il est vrai qu'il n'était alors pas franchement impliqué dans la vie scolaire de sa fille. Il devait en convenir. Il tâterait le terrain auprès de Camille et Rose pendant le repas du soir.

Sans même réfléchir, il commença à chercher des vols Marseille-Luxembourg pour le lendemain.

Il avait inconsciemment pris sa décision : il devait savoir qui était cet homme et pourquoi il lui en voulait, visiblement à mort. À lui, à sa fille, peut-être à sa femme. Il pourrait alors éventuellement trouver un moyen de lui parler, d'éclaircir une situation à laquelle il ne comprenait rien. Éviter l'irréparable.

Pour cela, il lui faudrait faire un aller-retour à Luxembourg. Juste le temps de consulter les dossiers qu'il avait traités en 2019. Ceux du Kazakhstan, du moins. Il avait bien pensé téléphoner à ses anciens collègues, mais les relations avec eux n'étaient pas terribles, c'est le moins qu'on puisse dire.

Il leur avait plutôt directement balancé à la gueule qu'un humain normal, doté d'une âme en état de marche, ne pouvait pas accepter de faire un boulot pareil.

Il n'y avait bien que Charles, l'archiviste, avec lequel il avait gardé des relations à peu près normales. Une carte de vœux au Nouvel An, une autre pour les anniversaires réciproques. Charles était même passé une fois brièvement au mas pendant ses vacances, en famille, l'année précédente. Le temps d'un repas.

Par contre, inutile de lui demander ce service par téléphone. Cette classification était propre à Mathis et les dossiers étaient officiellement archivés selon les normes de l'administration. Il avait mis au point cette méthode interne uniquement pour avoir le maximum d'informations sur une personne en lisant une unique ligne du dossier. Les chiffres et lettres suivants révélaient en effet si le postulant était marié, divorcé ou veuf, s'il avait des enfants et combien, quel niveau d'étude il avait atteint et, en toutes lettres, sa profession, le cas échéant, son domaine d'activité. Et, tout au bout de la ligne, dans un petit carré, la mention qu'il lui coûtait le plus d'attribuer : une lettre, de A à E également, indiquant l'intérêt que présentait cette personne pour le Grand-Duché.

A, profil très intéressant, à conserver. E, peut devenir une charge pour le pays. Et pas uniquement financière, un poids culturel, religieux, sécuritaire.

Il devait monter à Luxembourg, et vite. Il y avait des vols abordables pour le lendemain. Un en milieu de matinée, un autre en fin d'après-midi.

Mais il était hors de question de laisser sa femme et sa fille seules dans cette maison isolée. Pas avec un tel taré dans les parages. Il lui fallait dégoter maintenant un lieu sympa pour mettre sa femme et sa fille à l'abri pendant son absence !

Il trouverait bien un prétexte quelconque pour expliquer qu'il ne les y rejoindrait que le surlendemain.

Bord de mer ? De préférence. Assez loin pour ne pas être à portée de main de son harceleur. Pas trop isolé, une gare à proximité pour leur éviter une longue marche. Quoi qu'elles pourraient prendre un taxi, c'est vrai. Il chercha sur la carte du côté de Cannes, Nice ou Saint-Raphaël. Tiens, Agay, le nom était sympa, les pieds dans l'eau, une belle vue sur le massif de l'Esterel et sur la mer. Banco.

Il réserva un petit appartement dans une résidence sécurisée. Un studio. Une petite chambre à l'entrée, toilettes et bain séparés dans le couloir, une pièce de vie agréable avec un canapé-lit et une kitchenette. Sobre, pas vraiment le luxe, mais un grand balcon donnant sur la mer et une végétation méditerranéenne qui ornait un vaste terrain de golf. Plein sud.

Il ne s'attendait pas à ce qu'il y ait des gardiens armés, bien sûr, mais on ne devait pas y entrer comme dans un moulin. Du moins l'espérait-il. Le site Internet donnait confiance.

Un train au départ d'Aix-en-Provence à 7h30. Il pourrait les déposer à la gare et filer à l'aéroport prendre son avion, ça devait le faire. Il leur demanderait leur avis plus tard.

En fait, il ne leur demanderait pas du tout. La perspective d'un séjour au bord de la mer calmerait les velléités de protestation. Pourquoi protesteraient-elles d'ailleurs ? Parce qu'il ne partait pas avec elles ? Il leur ferait croire qu'il resterait ici pour travailler. Difficile de trouver mieux dans l'improvisation. Et avec un peu de mise en scène, ça passerait sans problème.

Un quart d'heure plus tard, il avait bouclé le programme et tout réservé par l'Internet : appartement, billets de train aller, un vol AR Luxembourg avec la Lufthansa pour lui, une chambre pour la nuit qu'il allait devoir y passer et même une voiture de location. Vol aller, 3h20, sans escale, départ 9h25, arrivée 12h40. Pour le retour, il avait dû se résoudre à réserver sur un vol avec une escale à Munich, départ 6h45, arrivée à Marseille à 12h45.

L'air contrit et contrarié, il se rendit dans la salle à manger où la table était déjà dressée. Camille le regarda d'un air inquiet.

– Quelque chose qui ne va pas, mon chéri ?

– Non, non, un petit truc qui me turlupine, c'est tout.

– Le boulot ?

– Non. Tout va bien de côté-là. Mais...

Il laissa sa phrase en suspens, déplia lentement sa serviette, l'air soucieux, ravi de voir du coin de l'œil l'air perplexe de sa femme et Rose qui se fanait d'inquiétude devant son assiette.

– Explique-toi, bon sang ! Je n'ai pas envie de jouer aux devinettes.

Rose les regardait sans comprendre. Quelque chose clochait avec son papa. « Il a l'air inquiet, se dit-elle, mais il a sa tête de quand il va dire une bêtise. » Elle ne savait pas si elle devait s'en inquiéter ou s'en réjouir. Il avait parfois de drôles d'idées, c'était cool, mais des fois, elles n'étaient pas drôles, ses idées, pas cool du tout.

– C'est Rose, dit Mathis en jetant un regard oblique à sa fille.

La fillette voulut dire quelque chose, mais sa gorge se noua. Qu'est-ce qu'elle avait bien pu faire ?

– Mais quoi, Rose ? s'impatienta Camille.

– J'ai rien fait, s'indigna la fillette sur la défensive.

– Justement, ma chérie.

Ma chérie ? Il n'y aurait pas comme un chouïa de contradiction entre l'attitude et le discours ?

– Demain… demain, tu n'iras pas à l'école, commença-t-il en traînant volontairement sur chaque syllabe, parce que… Il marqua un temps d'arrêt qui se voulait théâtral, parce que… répéta-t-il d'un air mystérieux, parce que j'ai réservé un petit appartement pour la semaine à Agay, au bord de la mer à partir de demain.

– Ouiiiiiii ! À la mer, on va à la mer !

– Mais pourquoi si soudainement ?

– J'ai pensé qu'après la mort de Molosse, on aurait bien besoin de prendre un peu les distances avec la maison. Pour penser à autre chose, se baigner, se promener, prendre du temps ensemble. On dira à l'école que Rose est malade et puis c'est tout. Je te trouve une petite mine, ma chérie, d'ailleurs. Tu es sûre que ça va ?

La fillette entra aussitôt dans le jeu.

– Atchoum… J'ai bal à la dêde, baba. Elle posa la main sur son front. Et je grois gue j'ai un beu de fièbre.

Mathis éclata de rire.

– Du d'es ba grédible bour deux ronds, pouffa-t-il. Mais comme je ne suis pas médecin, je suis bien obligé de te croire. Camille, dit-il d'un ton consterné, notre fille est malade, l'air de la mer lui ferait le plus grand bien.

– On part quand ? s'enthousiasma Camille.

– Demain matin, avec le train de 7h30. Je vous emmènerai à la gare.

Mathis sifflotait sous la douche. La partie avait été vite pliée. Il restait là deux jours, soi-disant le temps d'expédier quelques dossiers urgents. Il était le chef, certes, mais il ne pouvait pas laisser ses employés comme ça tout seuls du jour au lendemain. Le temps d'organiser son absence et il les rejoindrait. Dans deux jours maximum.

Sur ce, les deux femmes s'étaient ruées dans leurs chambres respectives pour préparer leurs bagages. Et lui, il sifflotait sous la douche. Un peu faux, toutefois.

Un nœud dans la gorge...

X.

Six heures, réveil.

Six heures quinze, douches rapides et dans l'ordre chronologique de Papa et Maman. Rose, douche interminable.

– Rose ! Il est six heures quarante-seeeeept. On part dans cinq minutes, dépêche-toi, ma chérie, cria Mathis.

– T'inquiète, je gère.

Six heures cinquante-deux, Rose monta dans la voiture en finissant de boutonner son jean, les lacets encore défaits, des restes de dentifrice à la commissure des lèvres, une tartine beurrée entre les dents. Les cheveux mouillés, ça va de soi.

Mathis était nerveux. Il avait la nette impression d'être observé. Et si on le filait jusqu'à la gare ? Le Kazakh pouvait s'infiltrer dans le train et suivre les femmes jusqu'à leur location. Mathis frémit à cette idée. Il conduisait fébrilement, jetait de fréquents coups d'œil dans le rétroviseur.

Cette voiture, la jaune juste derrière, une Kangoo, n'était-elle pas collée à son pare-chocs depuis le croisement de la départementale ? Il accéléra. La voiture accéléra aussitôt, donna l'impression de vouloir monter dans le coffre tant elle était proche. Mathis donna un bref coup de frein pour voir. La Kangoo freina et il vit le conducteur faire des gestes d'agacement. Il fallait la semer.

L'occasion se présenta bientôt. Un camion de lait juste devant, un petit bout de ligne droite. Sans mettre le clignotant, Mathis déboita soudain, accéléra à fond, le doubla et se rabattit juste avant le virage suivant. Camille se crispa sur le siège passager, la main blanchie sur la poignée de la portière.

La Kangoo n'avait pas eu le temps de doubler !

Il accéléra pour prendre un maximum d'avance, un œil sur la route, l'autre sur le rétro. Pas de risque, la route était sinueuse et étroite, la petite Renault n'avait aucune chance de pouvoir doubler à son tour avant l'entrée de la ville. Mathis exultait. Un vrai James Bond.

— Doucement, papa ! Tu roules trop vite. On ne va pas rater le train, c'est bon.

— Rose a raison, Mathis. Ne va pas tous nous tuer alors qu'on a largement le temps.

— Si elle n'avait pas trainé comme ça dans la salle de bains, on serait plus à l'aise, aussi.

— C'est pas juste, papa. J'ai pas trainé comme tu dis. C'est juste que je suis une fille et qu'une fille, ça a besoin de plus de temps qu'un garçon.

— Eh bien justement, si on avait su, on aurait fait un garçon.

— Mathis, tu dis n'importe quoi. On t'aime, ma chérie. N'écoute pas ton père.

Derrière, le camion mit son clignotant pour bifurquer dans l'entrée d'une ferme. La voiture jaune réapparut dans le rétroviseur.

— Le con ! jura Mathis en tapant vigoureusement du plat de la main sur le volant.

— Qu'est-ce qui te prend, Mathis ? C'est qui, le con ?

Mathis resta sans voix.

– Euh... euh... c'est rien. Moi. C'est juste que j'ai oublié ma brosse à dents.

– Et alors ? Qu'est-ce que ça peut faire puisque tu retournes à la maison.

– Ah oui, tu as raison, répondit-il machinalement en réfléchissant à la prochaine tentative pour semer son poursuivant.

– Tu es sûr que ça va, Mathis ? Je te trouve bizarre en ce moment... Et fais un peu attention à ce que tu fais, un peu plus, on finissait dans le fossé.

Derrière, la voiture ralentit, mit son clignotant, s'arrêta sur le bas-côté. Mathis poussa un profond soupir. Une voiture de La Poste !

– Tu es devenu complètement parano, murmura-t-il pour lui-même entre ses dents.

– Tu verrais comment tu conduis, tu comprendrais, siffla Camille.

– Maman a raison, papa. J'ai peur comme tu conduis.

7 h 10. La gare, il était temps. Mathis descendit le premier de la voiture, inspecta les environs. Une foule normale à cette heure-là. Comment détecter un Kazakh haineux dans ce fourmillement de gens pressés de prendre le train pour aller au travail à Marseille ?

Camille ouvrit le coffre pour descendre les bagages. Tout excitée à l'idée de prendre le train et de partir à la mer, Rose sortit son petit sac à dos et partit sans attendre en direction des quais.

– Rose, nom de Dieu, attends-nous enfin ! Camille, prends-la par la main, c'est plus prudent.

– C'est bon, j'suis pas un bébé non plus.

– Tu fais ce qu'on te dit et basta !

– Mathis, calme-toi, veux-tu. Pourquoi te mets-tu dans des états pareils ? On prend le train comme des milliers de gens et je ne vois personne ici s'exciter ainsi.

Un homme s'approcha de la petite famille, l'air louche, mal sapé, un étranger, vraisemblablement de l'Est. Il s'immobilisa à deux pas d'elle, fouilla dans ses poches, en sortit un paquet de cigarettes tout neuf, l'ouvrit lentement, froissa les papiers dans son poing, les mit dans la corbeille à côté de lui...

« C'est ça, mon grand, prends ton temps, fulmina Mathis intérieurement. Si tu veux savoir où on va, il faudra te donner un peu plus de peine. On n'est pas que des buses, tout de même. »

...sortit un briquet de sa poche, tenta de l'allumer, briquet récalcitrant, pas moyen, insista, briquet à sec.

– Vous auriez pas du feu, m'sieur ?

Mathis sursauta. C'est à lui qu'il parlait, ce con ? Un con, ça ose tout, c'est à ça qu'on le reconnait. Il n'avait rien trouvé de mieux que ce vieux truc pour l'aborder.

– Voyez pas qu'on est pressés des fois ? Pas le temps, on pourrait rater le train pour Marseille.

– Mais p'pa, on va...

– Rose ! l'interrompit brutalement Mathis. Économise ton souffle pour aider ta mère. Au revoir, monsieur, ajouta-t-il sur un ton ironique.

Le type repartit en traînant des pieds, se retourna x fois en haussant les épaules, se permit un doigt d'honneur. Mathis fit celui qui n'avait pas vu. Mais il le gardait à l'œil. Le train passait par Marseille, il était crédible. C'est juste que les deux femmes prenaient ensuite une correspondance pour Saint-Raphaël Valescure, puis un TER pour Agay.

7 h 20. Bousculade sur le quai. Les gens se pressaient dans tous les sens, se heurtaient en s'excusant brièvement, consultaient le numéro des voitures, couraient à la suivante, montaient, ou pas, se passaient les bagages, s'embrassaient pour des adieux plus ou moins fiévreux.

Mathis l'aperçut soudain. Goguenard, il le regardait s'affairer pour faire monter femme, enfant et bagages dans le wagon. Il tirait sur sa cigarette sans le quitter des yeux, nonchalamment appuyé contre un poteau, la jeta d'une chiquenaude sur la voie.

– Camille, je crois qu'on devrait...

Et s'il faisait la connerie de sa vie en laissant sa femme et sa fille partir seules. Ce mec avait une tête à assassiner père et mère pour dix sous.

– On devrait quoi ?

– Rien, répondit Mathis après une seconde de réflexion.

Après tout, il connaissait maintenant son persécuteur et il n'avait qu'à le signaler à l'un des flics qui arpentaient les quais. Du haut de la dernière marche, Camille lui envoya un baiser. Rose le regardait avec ses grands yeux excités. Le haut-parleur annonça la fermeture des portières, elles disparurent à l'intérieur du train, lui envoyèrent des baisers à travers la vitre.

– Bon séjour à Marseille ! hurla-t-il.

Camille lui fit signe qu'elle ne pouvait pas le comprendre. Le train se mit doucement en branle et Mathis leur fit des grands signes d'au revoir. « Et si c'était des signes d'adieu », pensa-t-il terrorisé.

L'homme s'approcha de lui en souriant ironiquement.

– Elles vont à Marseille, vos p'tites dames ?

– Qu'est-ce que ça peut vous foutre ?

L'homme lui jeta un regard glacial, fit mine de pivoter sur ses talons, se ravisa, plongea la main dans sa poche revolver, la ressortit lentement, son poing fermé se catapulta soudain vers le menton de Mathis. Imparable à cette vitesse. Mathis s'étonna de ne pas ressentir la douleur du coup. La terreur lui brouillait la vue. Il vacilla, partit en arrière, se rattrapa de justesse. Il allait se vautrer sur le quai, assommé pour le compte. Rien, il ne sentait rien.

Le poing s'ouvrit juste avant de percuter son menton.

– Et ça, vous en avez quelque chose à foutre ? Si j'avais pas été là, adieu la bagnole. Y'a de la racaille dans le quartier de la gare et même quelques mecs qui commençaient à sérieusement s'y intéresser. Tu oublies tes clefs sur le contact et tu repars à pied. Vous avez du bol que c'est moi qui les ai vues, Môssieur. Y'avait déjà deux mecs sur le coup. Ils se sont barrés en me voyant arriver.

Mathis saisit ses clefs de voiture, les regarda dans le creux de sa main, incrédule.

– Qu'est-ce qu'on dit au p'tit m'sieur qui vous a rendu les clefs de votre caisse ?

Silence consterné de Mathis.

– On ne dit rien ? Walou, même pas un p'tit merci ?

Dans un réflexe condescendant, Mathis fouilla dans ses poches à la recherche de son portefeuille.

– C'est ça que vous cherchez ? À pied, une main devant, une main derrière et le compte en banque plumé, si j'avais pas été là. Merci, j'en veux pas de votre fric. Service…

« Putain ! hurla Mathis en lui-même. Parano et con ! »

7 h 42. Il devait filer à l'aéroport.

Il engagea la clef dans la serrure mais n'eut pas besoin d'ouvrir la portière pour comprendre. Punaise, ce mec n'avait pas de limite. Jusque dans sa voiture. Il avait eu la clef et ne s'en était pas caché. C'était donc lui !

Mathis fonça à l'intérieur de la gare. Il ne devait pas être loin. Il se précipita sur le quai d'où était parti le train vers Marseille. Vide ou presque. Quelques retardataires qui traînaient de lourdes valises. Deux amoureux qui s'embrassaient à pleine bouche. Pas de Kazakh.

Mathis scruta attentivement les autres quais, fouilla du regard les moindres recoins. Derrière les panneaux d'affichage, les sucettes publicitaires, les poteaux, les petits stands de sandwichs. Des trains lui masquaient la vue. Il ne pouvait pas s'être volatilisé comme ça, en deux minutes. Il était encore quelque part dans cette fichue gare. Peut-être même l'observait-il à cet instant en se marrant !

Hors d'haleine, Mathis consulta sa montre. Huit heures moins cinq, il n'avait pas le temps de le chercher plus longtemps. De toute façon, l'homme n'était pas monté dans le train de Camille et Rose, il ne pouvait pas remonter jusqu'à elles. Au pire, il en serait quitte pour boire un pastaga sur la Canebière...

Son avion partait à dix heures et, à cette heure de pointe, il lui faudrait certainement une bonne heure pour rejoindre Marignane. Sans compter qu'il devait arriver au minimum cinquante minutes avant le décollage pour les formalités d'embarquement. Il se résolut à retourner à sa voiture.

— Décidément, c'est une manie chez vous !

Mathis sentit son sang affluer à son cerveau. Il se jeta sur le Kazakh, l'attrapa par le col.

– Nom de Dieu de nom de Dieu de nom de Dieu ! Tu as bien fait de rester là, connard ! Tu craches le morceau ou je te craque les cervicales, OK ? Qu'est-ce que tu me veux ?

L'homme blêmit. Mathis le dominait d'une bonne tête et il ne doutait pas de ses intentions de le tuer. Même sans en avoir l'intention, d'ailleurs. Il était écarlate, les yeux exorbités, lui postillonnait au visage en le secouant comme un prunier. Ce mec pétait les plombs, il ne se dominait plus. L'homme paniqua.

– Lâchez-moi ! hurla-t-il. Lâchez-moi ! J'ai juste surveillé votre voiture. Vos clefs, vous les avez laissées dessus.

– C'est bon, tu vas pas me ramener cette histoire de clefs à chaque fois, non ! OK, je ne t'ai pas remercié, mais c'est pas une raison pour me poursuivre comme ça. Tu en veux des mercis ? En voilà des mercis. MERCI ! MERCI ! MERCI ! MERCI ! MERCI ! Mille fois MERCI ! Tu veux quoi, au juste ? Qu'est-ce que je t'ai fait pour que tu me fasses chier comme ça ? Tu vas l'ouvrir ta gueule ou je te la casse ?

Il lâcha l'homme qui inspira un grand coup, la main prête à parer toute nouvelle attaque.

– Vous les avez de nouveau oubliées dessus, haleta-t-il. J'ai surveillé la voiture, des fois qu'on vous la pique.

Mathis se retourna vers la voiture. Les clefs pendaient à l'extérieur, sur la serrure. Véridique.

« Ce mec me prend pour un con ! pensa Mathis. Il me nargue, il se fout de ma gueule. Le ticket, il n'y est pas allé tout seul, dedans. »

Il attrapa de nouveau l'homme par le col, le nez plaqué contre le sien.

— De quel pays tu viens ? Et ne me raconte pas de conneries, ça pourrait barder pour tes articulations, OK ?

— De Bosnie. Mais qu'est-ce que ça…

— De Bosnie ? Capitale Astana, c'est ça ou je me trompe ?

— Astana ? Pourquoi Astana ?

— Alors, c'est quoi la capitale de ton pays, soi-disant la Bosnie ?

— Sarajevo, m'sieur.

— Ça, tu peux l'avoir appris, pas compliqué, un coup d'Internet et te voilà savant.

Mathis hésitait. L'homme paraissait sincère. Mais tout de même.

— Comment on dit « Au revoir monsieur et bon voyage » en bosniaque ?

L'homme hésita. Il voulait quoi au juste, ce grand mec ? Un cours de langue ?

— *Doviđenja gospodine i sretan put*, bafouilla-t-il.

Mathis réalisa la stupidité de sa question. Il aurait tout aussi bien lui dire « Va te faire foutre ! » ou « Les pâtes, c'est meilleur avec beurre. » D'autant plus que c'est ce qu'il avait cru entendre.

Il ne devait en aucun cas rater son avion. Il le lâcha, pivota vers sa voiture.

— Et que je ne retrouve pas sur ma route. La prochaine fois, ça pourrait mal finir pour toi, OK ?

8 h 06. Il monta dans la voiture et démarra sans même regarder le ticket. De toute façon, il en savait assez pour ses recherches au Service des Étrangers.

Il vous faudra vivre avec...

XI.

N'avait-il pas été inconscient de laisser sa femme et sa fille partir seules pour Agay ? Il était persuadé que le Bosniaque, ex-Kazakh, n'avait rien à voir dans toute cette histoire. Et le vrai Kazakh ne pouvait pas les retrouver. Pour cela, il aurait fallu qu'il monte dans le train en même temps qu'elles.

Il avait surveillé le quai et n'avait pas observé de mouvements suspects, un homme qui aurait sauté dans le train au dernier moment, par hasard dans la voiture voisine, qui les aurait observés sur le quai, qui…

12h33. L'avion toucha brutalement le sol. Mathis sursauta. Perdu dans ses pensées, dans ses angoisses, il n'avait rien vu venir.

Il n'avait qu'une petite valise et on lui avait attribué un siège au milieu de l'allée. S'il se débrouillait bien, il pourrait sortir dans les premiers. L'aéroport de Luxembourg n'avait rien du gigantisme de Charles de Gaulle, mais, soucieux d'en sortir vite, il avait repéré sur l'Internet l'endroit où se trouvaient les locations de voiture.

Il se dirigea au pas de course vers le sous-sol, sa carte d'identité et son bulletin de réservation à la main. Il affirma très bien connaître le véhicule, un RAV 4, signa les yeux fermés le constat d'état des lieux de la voiture, intérieur et extérieur, et rafla les clefs dans les mains de la jeune hôtesse avec un grand sourire qui ne tolérait aucune protestation.

— Excusez-moi, lui susurra-t-il enjôleur, j'ai un rendez-vous très pressé, vous comprenez.

La femme comprenait très bien. Il s'éloigna sans attendre.

– Monsieur ! Monsieur ! Les papiers du véhicule.

Il lui aurait volontiers répondu qu'elle pouvait en tapisser sa chambre, mais jugea plus rapide de rebrousser chemin pour aller à sa rencontre.

Du coin de l'œil, il vit une silhouette furtive se dissimuler derrière un pilier.

« Tu deviens de plus en plus parano, mon pote, comment veux-tu qu'on sache que tu arrives précisément maintenant à l'aéroport de Luxembourg ? Tu n'es pas la reine d'Angleterre, que je sache, et tout le monde se fout de ce que tu fais. »

Pas vraiment logique dans ces circonstances.

12h56. Il connaissait certes Luxembourg, mais il pouvait y avoir des travaux, de nouveaux sens uniques et autres bizarreries qui passaient parfois étonnamment dans la tête des ingénieurs de la voirie. Et il y avait fort à parier que les travaux d'implantation du tram n'étaient pas achevés et qu'il se trouverait bloqué dans d'interminables bouchons.

Et le temps lui était compté.

Il contourna le centre-ville de Luxembourg par l'autoroute A1 en direction de la Croix de Gasperich, passa sur l'A6 longeant les quartiers huppés de l'ouest de la ville. Les choses ne s'étaient pas améliorées depuis qu'il avait quitté le Luxembourg et il piaffait d'impatience dans les traditionnels bouchons de ces autoroutes. Il parvint malgré tout sans trop de difficulté jusqu'à la sortie vers Strassen. La route d'Arlon, enfin ! Les mâts autrefois familiers des éclairages du Stade Josy Barthel le ramenèrent pendant quelques brefs instants des années en arrière. Pas le moment...

13h38. Mathis gara sa voiture dans une petite rue transversale et se rendit à pied jusqu'à l'entrée de la Direction de l'immigration - Service des étrangers. Il resta un moment sur le trottoir à contempler l'immeuble de quatre étages à la façade grise et noire, froide, que des montants verticaux rouges tentaient vainement d'égayer. Comment avait-il pu seulement rester si longtemps dans cette administration ?

Les matins d'hiver, l'arrivée un peu avant huit heures dans la nuit, la grisaille et le froid, le hall d'accueil, pas franchement accueillant, un environnement sans âme, une succession de bureaux. Les éternels mêmes visages, les éternelles mêmes salutations, les éternelles mêmes questions et réflexions qui n'appelaient aucune réponse. « Salut, ça va ? » « Il fait froid, ce matin ! », autant de phrases lâchées par habitude, sans aucune conviction.

Il sentit soudain monter en lui une vague de blues. Éguilles, la garrigue, le massif de la Sainte-Victoire, les champs de lavande de la Provence, les petits chênes torturés par le vent et la soif, le bleu du ciel, le soleil, l'accent chantant... le soleil... le soleil... la lumière de Cézanne.

Camille et Rose surgirent soudain dans ses pensées. Il vit leurs visages radieux - Rose, des fois... la préadolescence difficile.

Il sentit soudain monter en lui une vague, d'inquiétude, cette fois. Le Kazakh, les tickets de transport, Molosse, la poupée. Camille et Rose, seules dans cette petite ville au bord de la Méditerranée. Il se demanda une fois de plus s'il n'avait pas fait une connerie en les laissant partir toutes seules.

« Pas le moment de cogiter, Mathis ! Prends ton air le plus jovial et prie pour que ça marche. »

13h47. Il poussa la porte d'entrée, un sourire Colgate aux lèvres. Mauvaise pioche. Un visage inconnu derrière le comptoir de l'accueil.

– Monsieur, vous désirez ?

– Bonjour madame. Je vois que vous ne me connaissez pas, vous devez être nouvelle ici, n'est-ce pas ? Ceci étant dit, nous n'y avons pas perdu au change, on est toujours ravi d'être accueilli par un charmant sourire.

– Vous désirez ?

Le coup du charme ne fonctionnait visiblement pas chez la jeune femme au visage éminemment professionnel. Jusqu'à la pointe des canines. Mathis ajusta les pans de sa veste et passa un doigt vigilant sous son col de chemise pour l'ajuster. Surtout pour gagner du temps.

– Je vous écoute, monsieur.

– Je suis un ancien de la maison. Mathis Ries, j'étais au Service des Étrangers. Je travaillais avec Hubert, Hubert Schmidt. Vous voyez qui je veux dire ?

– Monsieur Schmidt, je vois parfaitement.

– Eh bien, voyez-vous, c'est-à-dire que j'ai quitté la maison il y a environ deux ans pour aller m'installer dans le sud de la France. Aix-en-Provence, vous connaissez ? C'est fantastique, la lavande, la garrigue, les cigales...

Il haïssait ce tic qu'il avait de commencer ses phrases comme ça lorsqu'il était embarrassé.

– Quelle est la raison de votre visite, ce jour ? l'interrompit froidement le cerbère.

– Eh bien voyez-vous, c'est-à-dire que je passais à Luxembourg pour des raisons... euh... familiales et je me suis dit que ce serait un plaisir de revoir les anciens collègues. Ne vous dérangez pas, je connais le chemin, c'est au quatrième étage, le bureau de...

– Vous me présentez votre badge, monsieur, s'il vous plait.

– Eh bien, voyez-vous, c'est-à-dire que je n'ai plus de badge. Il haussa les épaules en prenant un air contrit. Ne faisant plus partie de la maison, je ne...

– Vous ne pouvez bien sûr pas entrer, monsieur, j'en suis désolée. Sans badge, c'est impossible.

Mathis s'y était attendu. Puisqu'il avait eu la bêtise d'évoquer son collègue, il n'avait pas le choix.

– Pourriez-vous avoir l'amabilité de dire à monsieur Schmidt que Mathis Ries souhaiterait le voir ?

Précisément ce Hubert avec lequel il s'était à maintes reprises écharpé au cours de discussions sur l'éthique de la profession !

« Tu n'as aucune éthique, lui avait-il dit un jour de grande colère. Une toute petite éthique. Une étiquette même : "accepté", "refusé", "reconduite à la frontière", à coller vite fait sur un dossier pour pouvoir passer au suivant. »

La jeune femme consulta un fichier, composa un numéro de téléphone interne et demanda à Monsieur Hubert si...

– Non, il n'a pas le temps, désolée.

Mathis joua alors son Joker : Charles, l'archiviste. Quoi qu'il en soit, c'était l'endroit où chercher un ancien dossier, par définition archivé.

Bingo ! Quelques minutes plus tard, Charles sortit de l'ascenseur et serra étonnamment chaleureusement la main de Mathis. Bon signe. Ce dernier jeta un coup d'œil triomphant au cerbère qui retroussa les babines. Un peu plus, il lui aurait tiré la langue.

Mathis entraîna Charles sur le trottoir. La gardienne du temple ne devait pas tout savoir. Il débita à Charles une histoire plus ou moins crédible comme quoi il devait consulter un vieux dossier pour donner son aval à une demande de travail, en France, d'un migrant dont il avait traité ici les données. « Un passé obscur, tu comprends, mon agence d'intérim... bla bla... endosser la responsabilité... bla bla... délicat avec ces pays... bla bla... opportunité unique pour lui, tu comprends... non, non, je ne suis pas venu exprès à Luxembourg, tu plaisantes... tante malade... repars dans deux jours... »

Charles n'avait pas vraiment tout compris, Mathis avait si bien noyé le poisson qu'une truie n'y aurait pas retrouvé ses petits. Il n'eut pas la naïveté de tout croire, mais la faiblesse de le lui faire croire.

– Madame Utz, veuillez établir un badge de visiteur pour notre ancien collaborateur, au nom de monsieur Mathis Ries, s'il vous plait. Tu vas voir, Mathis, tu nous as laissé les choses dans un ordre tel que ton successeur... Je te le présenterai, tu verras, un type compétent. Pas toujours drôle comme toi...

– Le badge pour monsieur Ries, l'interrompit la femme de l'accueil sur un ton désabusé.

Mathis ne put s'empêcher de lui tirer mentalement la langue. On a les triomphes que l'on peut !

Dans l'ascenseur, il expliqua à Charles qu'il ne disposait que d'une petite heure ou deux, pas plus. La tante malade, bien sûr, la pauvre devait se languir de le voir.

Son téléphone émit trois petits signaux sonores. Un SMS. Mathis plongea la main dans la poche de son pantalon, en sortit son portable, consulta l'écran et haussa les épaules.

— Une erreur, dit-il en remettant le téléphone à sa place. Un zigoto quelconque qui me dit qu'il est content d'avoir quitté le pays. Il a dû se planter dans le numéro.

Trois signaux sonores brefs.

— De plus en plus passionnant : « très content », cette fois. Quel suspens !

Trois signaux sonores brefs.

— Il ne va pas me lâcher, celui-là. « Vraiment très content ». J'en suis ému pour lui.

Mathis tapa une réponse en ânonnant le texte à voix haute pour Charles.

« Content que vous soyez content, mais erreur de numéro. »

— Voilà, on va être tranquilles maintenant.

L'ascenseur s'arrêta dans un petit bruit feutré. Ils étaient arrivés aux archives. Trois signaux sonores brefs.

« Pas si sûr ! »

— Il m'emmerde, marmonna Mathis en enfouissant le téléphone au fond de sa poche. Il se fatiguera avant moi.

Habitué qu'il était aux grands espaces de la Provence et de leur maison, le bureau lui parut tout petit, minuscule, lilliputien. Le plan de travail coincé entre un mur et une armoire, à peine la place de déplacer la chaise. Il fallait la faire pivoter pour se désincarcérer de derrière les dossiers empilés de part et d'autre de l'ordinateur. Jusqu'à la corbeille à papiers qui encombrait le passage pour se rendre au grand tableau, sur le mur d'en face, blindé de fiches classées en catégories, de « très favorable » dans la colonne de gauche à « négatif » dans celle de droite. C'était peut-être seulement une impression, mais il se réjouit d'autant plus d'en être parti.

— Je te ferais bien asseoir, mais à part mes genoux, je ne vois rien d'autre, plaisanta Charles.

— On va éviter, ça risquerait de jaser dans les étages.

Les deux hommes échangèrent quelques banalités sur le travail, son évolution, la situation des migrants en général et la protection internationale. Rien de bien nouveau, rien de très brillant. Mathis rajeunit de deux ans tant il retrouvait les choses telles qu'il les avait laissées. Il vieillit de dix ans tant cela lui paraissait lointain.

Il n'osait pas brusquer son ex-collègue, mais il avait littéralement le feu aux fesses. Charles était bien gentil, il lui avait proposé un café, mais lui, il voulait savoir et foutre le camp au plus vite. Il orienta habilement la conversation sur la classification des dossiers.

— Tu te souviens de ma classification interne ? Ça en a fait râler plus d'un chez les boss, mais en attendant, je sortais une fiche, lisais une ligne et pouvais presque te raconter la vie de l'individu concerné.

— Ton successeur l'a reprise telle quelle. Je te l'aurais bien présenté, mais il est peut-être à la machine à café. Dommage !

« Pas si dommage que ça, pensa Mathis. J'ai autre chose à foutre que voir la bobine de celui qui m'a remplacé. »

– Voir si j'ai perdu la main, Charles, on parie ? J'ai le numéro du dossier de mon bonhomme, tu sais, celui qui me pose problème à Aix. Je te parie qu'en moins de quinze minutes, je le déterre de toute cette paperasse. Tope là ?

Mathis se rua dans la pièce voisine où se trouvaient les dossiers classés, quelle que soit l'issue de la demande. Pas besoin de sortir son téléphone où il avait enregistré le numéro du dossier. Il n'avait que trop souvent eu l'occasion de l'apprendre par cœur.

La classification officielle regroupait les dossiers par pays. Fastoche. Le tiroir avec les K n'était pas le plus fourni. Et le Kazakhstan était en tête de liste, devant le Kenya, le Kirghizistan, le Kiribati, le Kosovo et le Koweït. Sachant en outre que les cases de trois de ces pays ne figuraient pas dans le tiroir, faute de migrants.

Zut, le petit nouveau avait repris sa classification, mais uniquement en théorie. Lui, il avait classé les dossiers selon une logique propre que celui-ci n'avait vraisemblablement pas tout à fait assimilée. Et chercher sur l'ordinateur aurait été mission impossible, il aurait fallu ouvrir chaque fiche individuellement, la consulter, la fermer, ouvrir la suivante, etc. Tandis que là, il cornait le haut du dossier papier, lisait la première ligne et savait aussitôt ce qu'il en était.

– Charles, tu peux arrêter le chrono, j'ai trouvé !

– Je n'ai même pas mis le chrono en route tant j'étais sûr que tu allais gagner, répondit Charles en riant.

Mathis ne l'écoutait plus.

KZ 19 1 43 D... L'homme s'appelait Azad Nesterenko, il avait 43 ans au moment où il avait déposé sa demande, en 2019, et il n'était pas en réel danger dans sa patrie. Sans être vraiment une démocratie, le Kazakhstan n'était, du moins pour le peu qu'en disaient les médias, qu'une démocrature ou une dictamolle qui ne torturait pas à tour de bras ses opposants. À vérifier toutefois... pas sur le terrain, tout de même.

Il avait fait des études supérieures en France, à Paris, était ingénieur en informatique, et, marié depuis une douzaine d'années avec Nastya, il avait une fille en âge scolaire, Aylin. En parcourant sa fiche, Mathis apprit qu'il avait fui son pays soi-disant (« soi-disant » était écrit de sa main) pour des raisons politiques, avec sa femme et sa fille (du même âge que Rose, remarqua-t-il en passant) qu'il avait « soi-disant » (idem) subi d'énormes pressions de la part des autorités locales, qu'il était arrivé au Luxembourg via l'Allemagne. Son casier judiciaire, du moins au Grand-Duché, était vierge et lui-même ne présentait pas un grand intérêt pour le Luxembourg. Une mention avait en effet été ajoutée, de sa main, dans le dossier : n'a plus travaillé dans le domaine de l'informatique depuis trop longtemps en raison de son parcours de réfugié. Très peu susceptible de maîtriser les nouvelles technologies.

Tous les critères pour être foutu dehors du pays ! Dubliné : réexpédition dans le pays où il avait en premier posé le pied à son arrivée en Europe, l'Allemagne. La famille était toutefois restée au Luxembourg, le temps d'un recours, et elle avait trouvé refuge auprès de compatriotes qui s'étaient engagés à leur trouver un logement et se portaient garants pour eux.

Mathis fut envahi par un grand sentiment de malaise. Il avait statué sur le sort de cet homme sans même l'avoir vu, et ce dernier lui en voulait visiblement. Peut-être à raison.

« Quelle injustice ! Quand je pense que je lui ai refusé une chance au Luxembourg, précisément à cause de son parcours de réfugié... La double, la triple, peut-être même la quadruple peine ou plus ! » Mathis se réjouit d'autant plus intérieurement d'avoir quitté cette administration et d'aider maintenant de telles personnes à trouver du travail et à s'intégrer.

À l'époque, Azad Nesterenko habitait à Wiltz, une ville dans laquelle Mathis avait envoyé bon nombre de ses ex-candidats réfugiés, mais une ville où lui-même n'avait jamais mis les pieds. Restait à savoir si la famille Nesterenko y résidait encore. Mathis se dit qu'il n'avait peut-être pas entraîné sa femme et sa fille dans le sud de la France. Il ne savait que trop bien que ce séjour n'avait rien de touristique.

Il regarda attentivement la photo. Un homme au visage rond, le teint typique des Asiatiques, le cheveu noir et court, le front dégagé et le regard pénétrant. Rien à voir avec le Bosniaque de la gare. Il se concentra quelques instants. Non, il ne lui semblait pas avoir vu quiconque de ce genre sur le quai. Cela le rassura.

Il décida de rendre visite à la famille, en espérant qu'elle soit toujours là.

Mathis retrouva sa voiture dans la petite rue où il l'avait garée. Zut ! Un Pechert[1] était passé par là et, dans cette

____

[1] Contractuel.

rue réservée aux résidents, il ne l'avait pas raté. Agacé, il froissa le protocole[1] et le balança dans le caniveau.

Pour rejoindre Wiltz, il était sans doute peu judicieux de se risquer sur le contournement, il préféra rejoindre l'autoroute en passant par le Kirchberg. Mauvaise pioche. Il roula au pas sur le pont rouge pendant plusieurs minutes. Mathis s'impatientait derrière le volant, mais dans ce réseau saturé, il savait que le moindre incident pouvait provoquer d'interminables encombrements. Heureusement, une fois sur l'A7, le trafic s'éclaircit et Mathis parvint sans difficulté à Ettelbruck où il rejoignit la route de Bastogne. Vingt minutes derrière une succession de tracteurs et autres remorques agricoles, et quasiment aucune possibilité de doubler. Son GPS lui indiqua enfin d'emprunter la route sinueuse qui menait à Wiltz. Plus d'une heure de trajet pour arriver à ce bled ! Mathis enrageait. Quelle idée avaient eu les Nesterenko d'aller se perdre au fin fond de l'Oesling ?

La famille habitait une ruelle. Impossible de s'y garer sans encombrer le passage. Mathis dut finalement se résoudre à laisser sa voiture sur une place un peu plus haut.

15h00. Il sortit un bloc et un stylo et commença à rédiger une fiche de travail. Il devait connaître son sujet. Satisfait, Mathis contempla son œuvre, rangea méticuleusement le tout dans sa sacoche d'ordinateur et prit les deux minutes nécessaires pour visionner sur son Smartphone la caméra de surveillance à Éguilles. Calme plat, rien à signaler, les oiseaux appréciaient la tranquillité, le vent soufflait en tempête. Assez normal dans ce coin ex-

---

[1] Amende.

posé au mistral. Satisfait, il remit l'appareil dans sa poche et fit à pied les quelques dizaines de mètres qui le séparaient du domicile de la famille Nesterenko. Le temps de bien entrer dans la peau du personnage qu'il s'était créé.

« Y'a plus qu'à », se dit-il pour se donner du courage.

L'habitation des Nesterenko était un immeuble de quatre étages relativement récent, mais mal entretenu. Du crépi se détachait de la façade, la peinture de la porte du garage était écaillée et griffée. En outre, une énorme poubelle grise encombrait l'entrée.

Il poussa la porte d'entrée. Un voyant rouge dans l'obscurité lui indiqua la présence d'un interrupteur. Un néon s'alluma en vacillant, révélant un couloir certes étroit, mais clair et propret. Quelques vélos, des mobylettes et une poussette encombraient les lieux, bien rangés sur les côtés. Mieux valait toutefois ne pas être lourdement chargé ou traîner un chariot. Le risque aurait été grand de rester accroché quelque part.

Sur le mur de gauche, des boîtes à lettres sur trois niveaux débordaient de brochures publicitaires. Juste à côté, une porte qu'il supposa être celle des poubelles. À l'autre extrémité du couloir, une porte à doubles battants fermait ce qui constituait une sorte de sas. Mathis s'approchait des boîtes à lettres lorsque la porte s'ouvrit brusquement. Il sursauta, gêné d'être surpris ainsi en train de les déchiffrer. Un jeune garçon apparut, qui allait faire des courses. Il marqua un temps d'arrêt en découvrant cet homme dont tout disait qu'il n'était pas du quartier.

– Vous cherchez quelqu'un, m'sieur ?

Le ton était net, franc, pas désagréable mais un minimum inquisiteur.

— Monsieur Nesterenko.

— Il est pas là, Azad. Il est parti, mais y'a sa femme là-haut.

Le gamin se mordit la lèvre inférieure. Il n'avait pas à raconter ça à un étranger. Tout le monde se connaissait dans l'immeuble. Beaucoup étaient originaires de la même région, voire de la même ville ou du même village. Ils formaient une communauté soudée, s'entraidaient volontiers, célébraient les fêtes ensemble, laïques ou religieuses. Ils étaient accueillants, mais ce n'est pas parce qu'ils n'avaient (presque) rien à cacher qu'il devait, lui, tout dire.

Quelle importance d'ailleurs. S'il y en avait un qui savait où se trouvait Azad, c'était bien lui. Le Kazakh semait derrière lui les indices comme le Petit Poucet, les cailloux.

— Troisième étage, dit-il d'un ton neutre en sortant.

Mathis le remercia, poussa la porte et s'engagea dans l'escalier. Les marches semblaient avoir subi l'assaut d'une centaine de générations et la rampe n'inspirait pas vraiment confiance. Il ne chercha même pas un ascenseur, ce n'était pas le genre de la maison.

Il entama la montée en comptant machinalement les marches. Un tic dont il aurait bien aimé se débarrasser. Trois portes par palier. Devant les portes, des chaussures bravement alignées et, parfois, un ou deux pots avec des plantes qui luttaient pour leur survie dans la lumière diffuse des vitres des demi-paliers.

Mathis avait la désagréable sensation d'écouter aux portes, de violer une intimité d'un autre monde. Il en sortait de la musique, des bruits de voix, le raclement d'une chaise sur le sol, un éternuement, le cri d'un enfant. Des bruits de vie. Parfois rien. Le silence. Des fourmis grouillaient dans son ventre. Il passa sans s'arrêter devant le deuxième étage, reprit son souffle au demi-palier. Il n'était pas essoufflé. Plutôt oppressé.

Trois signaux sonores brefs. Assourdissants dans le silence de l'escalier. Il sursauta, sortit son téléphone.

« Quel temps superbe ! »

« Qu'est-ce que j'en ai à foutre du temps qu'il a, ce zèbre ? Je vais lui faire fermer sa gueule définitivement. »

Il tapa sur le clavier : « Erreur de numéro. Je vous mets en indésirable. » Il dut s'y reprendre à plusieurs fois dans la clarté toute relative des escaliers. Il eut à peine le temps de remettre le portable dans sa poche.

« La suite pourrait pourtant vous intéresser. »

« Qu'est-ce qu'il croit, celui-là ? Qu'il va me raconter ses vacances ? Je m'en tamponne de ses vacances ! »

Il remit à plus tard, quand il serait sorti d'ici, son projet de le mettre dans les indésirables. Pas le lieu, pas le moment, pas assez jour pour ça.

Coupé dans son élan, il fut tenté de faire demi-tour. Rien ne prouvait que la femme était seule, même si son mari était parti. « Parti ? Séparation définitive ou absence provisoire ? » se demanda-t-il. Un autre homme qui flairerait le coup foireux, qui risquerait de lui faire descendre les escaliers sur le ventre ?

Son plan ne l'était pas, foireux, mais un mec perspicace aurait malgré tout vite fait de l'éventer. Il se concentra quelques secondes pour entrer dans la peau du personnage qu'il était censé être.

15h08. Troisième étage. Il déchiffra les noms sur les portes. Nesterenko, la porte du milieu. Il inspira un grand coup et sonna d'un air décidé.

Des pas trainants se firent entendre de l'autre côté de la porte. Une clef tourna dans la serrure. La porte s'ouvrit. Une femme le regardait d'un air interdit. Visiblement, elle s'était attendue à ce que ce soit un voisin et ce grand homme blond aux habits soignés ne rentrait pas dans le paysage de son quotidien.

Petite, un peu boulotte, le visage fatigué mais les rondeurs de joue aimables, le type asiatique prononcé. Les yeux en amande, noirs et brillants, les pommettes hautes, les cheveux dissimulés sous un foulard. À la voir, il aurait facilement pu dire qu'elle venait de Mongolie. Elle était chichement mais proprement habillée. Un chemisier à fleurs, une lourde jupe qui lui tombait à mi-mollet et des pantoufles qui avaient connu des jours meilleurs. Une brave mère de famille troublée, inquiète même. Elle le fixait sans rien dire.

Mathis se racla la gorge et se gratta l'aile du nez pour se donner une contenance.

– Madame Nesterenko ?

– Oui.

– Bonjour, je me présente, je suis monsieur Damien Lüger, des services sociaux de la ville. Je vous rassure tout de suite, rien de grave ni d'ennuyeux pour vous, juste une visite de routine pour m'assurer que vous bénéficiez bien des prestations sociales auxquelles vous avez droit. Vous me comprenez bien ? Je ne parle pas trop vite ?

Elle hocha la tête.

– Je peux voir tout ça avec vous et votre mari ?

L'homme était imposant mais bienveillant, son discours bien rodé. Il est vrai que Mathis s'y était entraîné jusque devant la porte. Madame Nesterenko ne vit aucune raison de se méfier.

– Mon mari pas là.

– C'est dommage. Quand est-il supposé rentré ?

La femme marqua un temps de silence gêné. Elle hésita quelques secondes, calcula visiblement dans sa tête ce qu'une telle visite pouvait lui apporter, se dit qu'elle n'avait rien à perdre et le laissa entrer.

Il vous faudra vivre avec...

15h10. Mathis pénétra dans une petite entrée avec son inévitable miroir et sa patère où pendaient des vestes et un parapluie. Quelques paires de chaussures de femme en dessous, une seule pour homme. Une première porte sur la droite, étroite. « Les toilettes », pensa-t-il. La porte suivante donnait sur une petite cuisine. Sur la cuisinière, une odeur épicée qu'il ne parvint pas à identifier s'échappait d'une casserole en train de chauffer. Un plat du pays, vraisemblablement. De la vaisselle égouttait sur le rebord d'un évier en aluminium. Une petite table et trois chaises complétaient le mobilier.

« Trois chaises, se dit Mathis. Papa, maman et la fille. Ils ne sont que trois donc. N'étaient, puisque le père est, provisoirement ou pas, parti. »

Au fond du couloir, une porte qui brillait par son absence révélait un lit en mezzanine auquel on accédait par une échelle. Ce ne pouvait être que le lit de la fille. Une ultime pièce, fermée celle-là, devait être la chambre des parents.

Madame Nesterenko lui fit signe d'entrer dans la salle de séjour, une pièce lumineuse avec des fenêtres à double vitrage. Des tissus bariolés, très certainement tissés au Kazakhstan, les animaient de part et d'autre. Des photos de montagnes, de cavaliers, de danseuses, des accessoires divers évoquaient « le pays ».

– Asseyez sur la chaise ici.

Mathis s'exécuta et, bien décidé à jouer son rôle jusqu'au bout pour soutirer le maximum de renseignements, il étala sur la table la fiche de travail qu'il s'était préparée.

La femme s'assit en face de lui et le regarda en silence. Son français était visiblement limité à des formules approximatives de politesse et au vocabulaire nécessaire pour les courses.

Mathis pensa qu'elle devait être l'une de ces nombreuses épouses qui ne quittent que rarement le domicile familial et ne connaissent réellement du pays que la cinquantaine de mètres carrés de leur appartement et les commerces du coin.

– Bien, dit-il sur un ton professionnel. Je suis donc monsieur Damien Lüger, des services sociaux. Vous êtes bien madame Nastya Nesterenko, exact ?

La femme hocha de la tête.

– Votre mari est monsieur Azad Nesterenko et il est actuellement absent, nous sommes bien d'accord ?

Elle acquiesça. Mathis fit mine de parcourir sa fiche en marmonnant, prenant bien soin de faire parfois ressortir un mot compréhensible.

– Donc, vous êtes bien arrivés en 2019... hmmm... demande protection internationale... hmmm... refusée.

– Vous avez une idée du motif de refus ?

La femme fronça les sourcils, l'air de ne pas comprendre.

– Pourquoi non pour la protection internationale ?

Elle secoua la tête et écarta les mains devant elle, les paumes tournées vers le ciel. Aucune idée.

– Bien, votre fille, Aylin, est née en 2011... comme ma fille, sourit-il en direction de la femme. Qu'en est-il de votre fille actuellement ?

Le visage de Nastya Nesterenko s'assombrit soudain. Ses mains se crispèrent sur la nappe à fleurs. Elle avait pris dix ans. Ses yeux ne formaient plus qu'une petite fente terne, ses joues s'étaient flétries, les plis autour de sa bouche affaissés. Elle semblait sur le point de pleurer, mais voulait garder sa dignité devant l'étranger.

Mathis sentit qu'il avait touché ici un point plus que sensible. Il regardait la femme sans comprendre, hochant la tête pour se donner une contenance.

– Madame Nesterenko ?

– Morte, vous connaissez pas ?

Mathis sentit comme un troupeau d'éléphants lui passer sur le corps. Le sang se retira de son cerveau, incapable de penser, son ventre se rétracta, lui coupant le souffle, son front se couvrit d'une sueur glaciale.

– Elle est morte ? Aylin est morte ?

– Oui, morte ! Morte ! Morte ! Vous connaissez pas ?

La femme se frappa doucement la poitrine de la main droite à trois reprises.

Mathis était complètement désemparé. S'il était une chose qu'un fonctionnaire des services sociaux aurait dû savoir, c'était bien le décès d'un enfant. Ses yeux erraient sur le papier, cherchant quelque chose à quoi se raccrocher. Ses réflexes d'homme bien élevé reprirent le dessus.

– Je suis désolé, bafouilla-t-il. Mes sincères condoléances. Je... enfin... comment dire... cette information ne figure pas sur ma fiche. Voyez-vous, c'est-à-dire que... une lacune impardonnable. Je... Mais comment est-elle... morte ?

La femme barra sa bouche de son index. Les larmes se mirent à couler sur ses joues. Mathis chiffonnait ce maudit papier qui aurait dû lui donner toute sa crédibilité. Il était dans de beaux draps. Elle sortit un mouchoir de sa poche pour s'essuyer les joues.

Le téléphone sonna à point nommé pour le sortir momentanément de ce faux pas. Nastya Nesterenko se moucha discrètement et s'empara du combiné en reniflant.

Une voix masculine se manifesta à l'autre bout de la ligne. Du kazakh, certainement. La femme répondit quelque chose sur un ton perplexe. Mathis ne comprenait pas un mot et tentait de deviner qui était cet interlocuteur qui se lançait dans une longue diatribe. Nastya Nesterenko écoutait en lâchant de temps à autre une syllabe d'acquiescement. Dans sa réponse, Mathis comprit distinctement le prénom de sa fille, Aylin, et services sociaux. Un signe du menton inconscient dans sa direction pour le désigner.

Il sentit la panique monter en lui. D'ici à ce que ce fameux interlocuteur déboule et le mette sur le gril, il n'y avait pas loin. Il fallait qu'il trouve un bon prétexte pour partir au plus vite. Il n'eut pas le temps de réfléchir, la femme avait déjà raccroché.

Le salut ne pouvait venir que de son propre téléphone. L'unique chose qui le reliait à un monde qui ne serait pas hostile. Il le sortit prestement de sa poche, fit mine de consulter l'écran et poussa un cri de surprise.

— Désolé, s'exclama-t-il avant même que la femme n'ait eu le temps de réagir. Je dois partir immédiatement.

— Partir ? Vous partir ?

— Oui, oui, désolé. C'est urgent. Eh bien, voyez-vous, c'est-à-dire que...

Que quoi ? Son cerveau tentait de travailler à toute vitesse, mais il était tétanisé à l'idée d'un homme qui pourrait faire irruption. Pourvu qu'il n'habite pas dans l'immeuble, se répétait-il en boucle.

– … que ma femme est en train d'accoucher. Oui, c'est ça, elle est en train d'accoucher, voyez-vous. Une fille ! On va avoir une petite fille et…

« Quel con je fais ! se maudit-il. »

La femme le regardait d'un air méfiant et impuissant. Elle aurait voulu le retenir le temps qu'arrive son interlocuteur intrigué par la fable des services sociaux. Mais comment ? L'homme était imposant. Qui plus est surexcité. Elle ne faisait pas le poids.

Mathis empoigna sa sacoche d'ordinateur, fit tomber la chaise en se dirigeant vers l'entrée, arracha littéralement la porte de ses gonds et se précipita dans l'escalier sur un dernier « Désolé ! »

Il perçut un bruit de porte à l'étage du dessus et des pas qui martyrisaient les marches dans leur précipitation.

15h21. Il descendit les escaliers quatre à quatre, faillit renverser une femme lourdement chargée de courses, renversa un pot de fleurs dans une manœuvre désespérée pour ne pas tomber.

Les cris de Nastya Nesterenko sur le palier. Un homme qui lâche ce qui devait être un juron kazakh, les pieds qui sautent bruyamment les marches.

Mathis pensa brièvement attendre l'homme au détour d'un demi-palier pour lui faire un croche-pied. Avec un peu de chance, il s'aplatirait le crâne contre le mur. Mais il y avait de fortes chances que l'immeuble entier soit alarmé par les cris et il aurait alors toute la meute aux trousses. D'un autre côté, s'il sortait dans la rue, il suffirait que son poursuivant batte le rappel pour qu'il n'ait aucune chance d'arriver entier à la voiture. D'arriver à la voiture.

Arrivé au rez-de-chaussée, il enfonça la double porte à la volée et balança quelques vélos sur le sol pour retarder son poursuivant. Du coin de l'œil, il perçut la porte du local à poubelles. Elle s'ouvrait ! Il s'engouffra dedans et la referma prestement derrière lui en espérant que l'homme ne l'avait pas vu faire.

L'homme tentait de pousser la porte à double battant. Les vélos raclaient sur le sol, la porte s'ouvrit brusquement et, au bruit qu'il faisait, Mathis comprit que l'homme les jetait sur le côté pour se frayer un passage. Un bruit de chute ! Un juron suivi d'un hurlement de douleur. Il s'était étalé dans le couloir, vraisemblablement piégé par un vélo ou une mobylette. L'homme jura tout ce qu'il pouvait et se précipita dans la rue en se tenant le bras. Sa main s'était encastrée entre les rayons d'une roue de vélo et il s'était plus que vraisemblablement cassé quelques doigts.

Le silence soudain. Puis les cris de la femme à sa fenêtre. Une question de l'homme. Réponse visiblement négative de la femme. Des pas retentirent dans l'escalier. Beaucoup de pas. Des hommes. Beaucoup d'hommes.

Hors d'haleine, Mathis tentait de retenir son souffle. S'ils l'entendaient, s'ils le découvraient, il était cuit. Il chercha à tâtons une arme autour de lui. Sa main se posa sur quelque chose de mou et visqueux dans la poubelle voisine. Une couche de bébé, c'était bien sa chance. Quoique... il aurait pu en tartiner le visage de celui qui aurait le malheur d'ouvrir sa cachette. Mouais, au mieux, ça le rendrait plus furieux.

Le silence. Du moins dans le couloir. Dans la rue, les hommes s'interpellaient, criaient dans tous les sens, interrogeaient les passants. Parfois en français. Un homme en fuite ? Non, pas vu. Ils se répartirent les rues adjacentes, allaient, venaient, juraient.

La cavalcade résonnait jusque dans le couloir. Dans son local à poubelles, Mathis s'était cramponné à la poignée de la porte. Pour retarder l'échéance. Le temps d'une trop brève éternité.

Les bruits de pas se rapprochèrent progressivement. Le brouhaha prenait de l'ampleur, les nerfs étaient à vif, les hommes frustrés se coupaient sans cesse mutuellement la parole, parlaient tous en même temps.

« Ils ne vont pas tenir un conseil de guerre ici, tout de même ! Que leurs bonnes femmes leur apportent le café et des petits gâteaux tant qu'on y est ! »

Les hommes se turent soudain, une femme descendait justement les escaliers : Nastya Nesterenko. L'un d'eux la pressa de questions auxquelles elle répondit d'une voix criarde. Les hommes s'offusquaient. « services sociaux », « Aylin », « Azad » revenaient sans cesse dans leurs bouches. Suivis d'une kyrielle de points d'interrogation et d'exclamation.

Mathis entendit un bruit mat contre la porte, la poignée tressauta dans sa main. Cette fois, c'était la bonne... Il perçut le bruit d'un briquet. On mettait le feu à la porte. Il allait rôtir comme un vulgaire poulet. Un poulet à la sauce à la merde. Mathis tremblait de tous ses membres, retenait ses dents qui menaçaient de se briser entre ses mâchoires serrées.

Tout, mais pas ça. Il décida de mourir fièrement, d'affronter l'adversaire. Ce n'était tout de même pas une horde de Kazakhs déchainés qui allait décider de son destin ! Il mourrait les armes à la main.

Il allait enfoncer la porte lorsque l'odeur de la cigarette envahit sa cachette. Il demeura ébahi, les yeux grand ouverts dans l'obscurité, la bouche bée, la couche serrée dans son poing.

Devant la porte, la discussion continuait, animée, inconsciente du drame qui avait failli se jouer.

Tout en discutant, les hommes remettaient en place les vélos. Pas franchement délicatement. Pas sûr non plus qu'ils soient délicats avec lui s'ils le trouvaient.

Trois signaux sonores brefs ! L'autre ahuri allait encore le trahir avec ses impressions de vacances dont il n'avait rien à foutre.

« Mon Dieu, faites qu'ils n'ouvrent pas la porte ! Faites qu'ils n'ouvrent pas la porte ! Faites qu'ils... »

Des pas commencèrent à s'éloigner vers les étages supérieurs dans le brouhaha de la discussion. Quelques hommes discutaient encore devant la porte... des poubelles.

« Mon Dieu, faites qu'ils n'ouvrent pas la porte ! Faites qu'ils n'ouvrent pas la porte ! Faites qu'ils... »

Mathis poussa un soupir de soulagement silencieux. Certes, les hommes étaient maintenant tous remontés et il les entendait discuter sur le palier de Nastya Nesterenko, mais il n'était pas pour autant sorti d'affaire. Ni des poubelles. Et cette merde de bébé qui lui collait à la main !

Il attendit. Longtemps. Espérant que personne n'aurait l'idée de venir vider sa poubelle. Il lui aurait été difficile d'expliquer qu'il faisait des statistiques sur le contenu des poubelles chez les Kazakhs au Luxembourg. Quoique... il avait eu vent d'études encore plus stupides au cours de sa carrière dans l'administration européenne autrefois. La courbure optimale du cornichon en bocal. Vingt pages traduites dans toutes les langues de la Communauté européenne.

En attendant, il lui fallait, lui, s'extraire de son local.

Au bout d'un temps qui lui sembla infini, il finit par oser bouger un petit doigt. Pour l'essuyer sur le mur. Il s'enhardit à bouger les autres. Même motif. Il scruta le silence. Nada, c'était, peut-être, bon signe. Il les imagina tous, les bras croisés sur leurs torses gonflés par la colère, attendant placidement dans le couloir qu'il ouvre la porte de sa cachette pour lui sauter dessus à bras raccourcis. Il réfléchit même à attendre le passage du camion poubelle. Exfiltré avec les ordures. Il était vraiment dans la merde !

Il poussa doucement la porte. Zut, un crétin y avait empilé des vélos. Il n'allait pas faire dans la dentelle. Il s'arcbouta contre le vantail, réunit toutes ses forces. Une cascade métallique envahit le silence du couloir, remonta en écho les escaliers. Il n'avait plus le choix !

Mathis sauta par-dessus la ferraille, se précipita dans la rue, hésita une fraction de seconde sur la direction à prendre. Manquerait plus qu'il se plante ! Des voix se hélaient déjà dans les étages. La mort aux trousses, il cavala jusqu'à sa voiture, bénit celui qui avait inventé la télécommande pour ouvrir les portières, s'engouffra dedans.

15h53. Contact, moteur, action ! Clignotant, crissement de pneus, hurlement du moteur, rapport supérieur. Feu rouge. Ça commençait bien.

Mais cette fois, il passa outre.

Il vous faudra vivre avec...

XIII.

Un bon quart d'heure qu'il tournait en rond. Ses pensées se bousculaient confusément dans son cerveau avec un formidable tintamarre de vaisselle brisée ou de chute du Niagara. Impossible d'en tirer la moindre décision.

Les probabilités que les Kazakhs tombent sur lui à l'improviste n'étaient certes pas élevées, surtout qu'il avait pris soin de s'éloigner du quartier. Pas une assurance vie pour autant.

Il errait maintenant dans un quartier aux petites maisons cossues, dans des rues tranquilles, pas un coupe-gorge. Rassurant. Il ferait toutefois mieux de quitter le Grand-Duché le plus rapidement possible. Il n'avait plus rien à faire ici.

Il regarda l'horloge de bord : 16 h 25. Et s'il y avait encore un vol aujourd'hui ? Il s'arrêta pour consulter Internet sur son téléphone.

Il lâcha une cascade de jurons. Ses mains tremblaient encore de peur et d'excitation. Il les regarda avec dégout. Elles tremblaient, OK, mais en plus, elles puaient.

Et en plus, ces maudites touches étaient prévues pour des menottes de bambin, pas pour des battoirs comme les siens. Il tentait pour la xième fois de taper Marseille en destination lorsque trois signaux sonores brefs retentirent.

« Gentil cette visite à ma femme, merci pour l'attention ! »

Azad !

Azad qui le harcelait depuis la Provence, qui savait maintenant qu'il était lui-même au Luxembourg. Mathis se félicita d'avoir mis ses femmes à l'abri. Il les imaginait toutes seules dans leur maison isolée, cernées par un fou furieux. Cernées, parfaitement, ce mec semblait être partout et nulle part à la fois.

Partout ? Son regard se figea sur le message, comme pour décoder ce qu'il pourrait contenir entre les lignes.

« Comme si je pouvais prendre l'avion crado comme je suis ! Puant la merde comme un chacal qui aurait bouffé une charogne. »

Le plus simple, il se rendrait à l'hôtel, se doucherait et y passerait la nuit. De toute façon, pour ce soir, c'était cuit.

« Elle ne t'a pas plu, ma femme ? Pourquoi tu es parti si vite ? Pas gentil pour elle ! »

Le message le laissa indifférent. Il n'en était plus à ça près. Il vérifia de nouveau la caméra de surveillance sur son Smartphone. Le vent soufflait en violentes rafales, la caméra fixée sur l'arbre avait basculé et ne montrait plus que la couronne de l'arbre et les nuages qui défilaient dans le ciel. Pas signe de présence humaine. Il faut dire que, à part Tarzan, qui s'aventurerait déjà à des altitudes pareilles ?

Il entra dans le GPS l'adresse de l'hôtel.

17h50. Avec un sourire poli mais quelque peu dégoûté, le réceptionniste lui indiqua les toilettes. Mathis se savonna les mains, les rinça, resavonna, rerinça frénétiquement. Il avait l'impression que l'odeur avait pénétré jusqu'au plus profond de ses pores. Dans la foulée, il contrôla sa tenue, y remit de l'ordre, dissimula habilement une tache en croisant les pans de sa veste, et, enfin satisfait, il se rendit à la réception pour prendre possession de sa chambre.

— Monsieur Ries ? Une enveloppe pour vous.

— Pour moi, mais... ce n'est pas possible, personne ne...

— Je ne saurais vous dire, monsieur. Je viens de prendre mon service et elle était sur le comptoir lorsque je suis arrivé, il y a une demi-heure.

Jusqu'ici ? Dans cet hôtel où il mettait pour la première fois les pieds ? Pourtant, personne ne savait qu'il devait y descendre ! Mathis pivota lentement sur ses talons, redoutant ce qu'il pourrait découvrir dans le hall.

Un complice d'Azad.

Son regard s'attarda sur les rideaux, sur l'intervalle entre les rideaux et le sol, derrière un pilier qui masquait opportunément le bar, sur les marches d'un escalier qui menait aux étages, sur la toute dernière marche, sur le voyant de l'ascenseur, éteint, sur la porte d'entrée, immobile.

Rien, personne. Juste une musique d'ambiance. Du jazz, le ton grave et apaisant de la contrebasse qui souligne les trilles d'une trompette. Un monde paisible, rassurant, clos. Pourtant...

— Monsieur, s'impatienta le réceptionniste.

Mathis se tourna au ralenti vers le comptoir. John Wayne avant le grand showdown. Charles Bronson sûr de son destin. L'assurance en moins.

Il saisit l'enveloppe d'une main tremblante, l'ouvrit. Il savait déjà de qui elle émanait.

« Ta femme et ta fille sont charmantes. Je vais rester pour la nuit ! »

Il pâlit. Il avait besoin d'un whisky. Le commanda. Attendit au comptoir.

Trois signaux sonores brefs. L'employé le retrouva effondré dans un fauteuil, les bras ballants, les yeux dans le vide.

– Ça va, monsieur ?

– C'est-à-dire que, voyez-vous, murmura Mathis au ralenti, ça va, merci.

Il partit vers l'ascenseur comme un zombie. Il était un zombie !

– Vous êtes sûr que ça va, monsieur ?

Mathis appela l'ascenseur, emprunta l'escalier, s'immobilisa sur la troisième marche, relut le message. Le réceptionniste le suivit en tendant le portefeuille qu'il avait oublié sur le comptoir.

– Vous êtes sûr que...

– Faites chier à la fin. Non, ça va pas ! Et qu'est-ce que ça peut vous foutre, d'abord ?

– Monsieur Ries, votre portefeuille !

– Quoi, mon portefeuille ! Ah oui, mon portefeuille. Mais nom de Dieu qu'est-ce que je fous encore ici. Il faut que j'y aille. Ce cinglé... ma femme... ma fille. Mais il faut que j'y aille, moi. Donnez-moi ce truc.

Il happa le portefeuille au passage, empoigna son sac resté devant le comptoir, bouscula l'employé qui le pistait, inquiet, et s'engouffra dehors, dans sa voiture.

Il faisait nuit, une petite pluie fine constellait le pare-brise. Il mit en marche les essuie-glaces, déboita, s'inséra dans la circulation et fila. Direction l'aéroport. Et il détournerait un avion s'il n'y en avait pas.

– Quel âne je suis !

Mathis se gara sur le côté. Pas franchement l'endroit, mais tant pis. Il alluma ses feux de détresse, espéra qu'un idiot ne viendrait pas l'emplafonner, sortit son téléphone et appuya sur la touche préenregistrée du téléphone de Camille.

Le bourdonnement de la sonnerie se fit entendre. Un… deux… trois…

– Mais réponds, nom de Dieu, réponds !

… quatre, le répondeur se déclencha, la voix de Camille. S'il pouvait seulement la tenir dans ses bras, elle lui dirait tout va bien, pas de souci. Rien de tout ça.

« Bonjour, vous êtes bien sur le répondeur de Camille Ries. Merci de laisser un message, je vous rappellerai dès que possible. Bonne journée ou belle soirée, au revoir. »

– Coucou ma chérie, je… tu vas bien, enfin… vous allez bien. Je… Vous… Zut, ça coupe, ces technologies de… Allô… allô… Je ne t'entends plus. Un tunnel. Si tu m'entends, je te rappelle tout de suite.

Il coupa la communication en jurant.

– Mais quel con je suis ! « Coucou chérie, je suis à Luxembourg, vous ne seriez pas avec un assassin potentiel de type asiatique, par hasard ? » Un tunnel ! Mais bien sûr, c'est farci de tunnel à Éguilles, y'a que ça des tunnels, à Éguilles…

Mathis se ressaisit, appuya de nouveau sur la touche, avec un bon petit baratin propre à la rassurer si Camille répondait. Elle ne répondit pas. Il redémarra en trombe, le téléphone sur haut-parleur. « Bonjour, vous êtes bien sur le répondeur de Camille Ries, je… »

– Mais réponds nom de Dieu, c'est pas compliqué tout de même. La petite touche avec le téléphone vert. Merde à la fin. Camille ! Rose ! Mais répondez quoi ! Vous allez me rendre cinglé…

Si la touche de rappel ne fondit pas sous ses appels incessants, c'est que c'était de la bonne qualité.

18h55. Il y en avait un. Check in en cours. Porte 3. Il traversa le hall du petit aéroport à la vitesse du lévrier afghan. Juste en moins élégant, la veste de guingois, la chemise à moitié sortie du pantalon et le sac raclant le sol, le répondeur de Camille collé à l'oreille. Il atteignit le comptoir d'enregistrement, les jeunes femmes l'apaisèrent d'un sourire.

– Pour Marseille ? s'enquit Mathis essoufflé. Un billet, n'importe où je m'en fiche.

– C'est complet, monsieur, désolé.

– Complet, comment ça ? Complet-complet ?

– Jusqu'au dernier siège, monsieur.

– Un strapontin devant les toilettes, ça m'ira très bien.

– Même pas un strapontin devant les toilettes, monsieur.

Mathis paniqua. Impossible, c'était rigoureusement impossible, inimaginable.

– Mais vous ne vous rendez pas compte ! L'autre tordu qui est avec ma femme et ma fille ! Il faut que j'y aille. Et tout de suite, maintenant, là !

Les deux employées se regardèrent d'un air entendu. Un cocu qui voulait surprendre un mec dans le lit de sa femme. Par contre, sa fille... pas franchement moral tout ça. Pathétique, mais pas suffisant pour justifier d'agrandir un avion, ne serait-ce que d'une place.

Mathis lut leur amusement horrifié dans leurs regards.

– Ce n'est pas ce que vous croyez ! hurla-t-il en brandissant son portable. Regardez !

Il fit défiler sous leurs yeux la succession des messages d'Azad. Réticentes, les femmes firent semblant de lire. Ce n'était pas leurs oignons, après tout. Quoique...

conscience professionnelle oblige. Et un zeste de curiosité.

– Eh bien voilà, vous pouvez être rassuré, dit l'une d'elle. Elles sont en compagnie d'un monsieur qui me semble tout ce qu'il y a de plus courtois.

– Mais il les...

Le reste de sa phrase fut couvert par un appel au haut-parleur.

– Vol AF-843 à destination de Marseille décollage 19h20, dernier appel. Monsieur Kaiser est prié de se présenter immédiatement à l'enregistrement. Dernier appel, monsieur Kaiser à l'enregistrement, merci.

Ses neurones se mirent immédiatement en ligne, bien ordonnés, pas une synapse qui dépasse.

– Monsieur Kaiser ! Il a du retard. Une panne, un accident... Peut-être même qu'il mort, on s'en fout. Sa place, je la paye. Le double... le triple !

Son téléphone se mit à vibrer. Ça ne pouvait être que Camille. Mathis le porta à son oreille : rien ! Il regarda l'écran : batterie faible. Il le rechargerait dans l'avion.

Les deux femmes consultèrent leur montre. Un regard circulaire dans le hall, pas de Kaiser en vue ? OK, si elles pouvaient se débarrasser de cet excité, après tout, pourquoi pas. Par contre, uniquement sur Internet, pour cause de guichet fermé. Elles avaient leurs entrées après les contrôles d'embarquement.

Mathis dégaina son ordinateur. Ses mains tremblaient tellement qu'elles durent faire la réservation à sa place. Il donna tout, il aurait donné encore davantage pour embarquer dans ce fichu zingue. Son sexe, son prénom, son nom, son âge, son adresse, sa carte, son code... Tout.

Il embarqua, un sourire féroce aux lèvres. Azad n'avait qu'à bien se tenir !

XIV.

22h50. Mathis sifflotait nerveusement au volant de sa voiture.

Il n'a qu'à bien se tenir, le père Azad, tu vas voir la tannée que je vais lui foutre. Sa tronche quand il me verra débouler en pleine nuit. Gros dodo, Azad, tu peux dormir peinard. Mathis, tu sais où il est, Mathis ? À Luxembourg ! Mais bien sûr que je suis à Luxembourg, dans l'hôtel Machin. Je ne sais pas comment tu t'es démerdé pour savoir que j'y serais, ni qui y a déposé ton ticket de mes fesses, mon bonhomme, mais une chose est sûre : si tu savais où je suis et où je vais, tu te ferais du mouron !

Il fronça les sourcils, soudain préoccupé. Azad ne dormirait certainement pas. Ou alors, ça voudrait dire qu'il avait neutralisé Camille et Rose. Il secoua la tête. Neutraliser, c'est ce que disaient les flics quand ils avaient abattu un criminel quelconque. Il valait mieux qu'il ne dorme pas, alors. Pas un problème, pris par surprise, il n'aurait même pas le temps de battre des cils qu'il lui tomberait sur le dos. Un bon gros flingue à la main.

« Pas un geste ou je te flingue ! » Et l'autre Azad, il ouvrirait de grands yeux, une grande bouche, à croire qu'il avait avalé un bœuf tout cru. Comme le cobra. C'est pas le cobra qui avale ses proies comme ça ? Peut-être… Mais lui, il s'étoufferait parce qu'il aurait le canon de son flingue dans sa sale petite gueule de connard.

Éguilles, enfin ! À peine trente minutes, record battu. Pas un chat sur la route, nuit claire, conditions optimales.

Il arriva au croisement de la départementale, parcourut une bonne centaine de mètres, freina brutalement en vue de la maison, éteignit les phares. Et si on l'attendait chez lui ? Il resta planté au milieu de la route, pas une heure de grande circulation, alluma son Smartphone sur ses genoux et contrôla l'unique caméra de surveillance.

Pas d'images. C'était quoi, ce délire, une caméra de vision nocturne qui lui avait coûté un rein ! À moins que le vent n'ait eu raison de son réseau. Une branche tombée sur un câble indispensable, une coupure dans le réseau ? De toute façon, pensa-t-il, elle lui aurait au mieux montré le ciel !

À moins que… pas de lumière dans la maison, pas de véhicules, du moins vu de l'endroit où il était, tout semblait si paisible. Il imagina un instant que Rose dormait tranquillement dans sa chambre, que Camille l'attendait dans leur lit. Un frisson le parcourut.

Il se remit en route, tous feux éteints. C'était plus prudent et il connaissait la route comme sa poche. Il passa la quatrième, sous-régime, moins bruyant. Il laissa la voiture filer en roues libres sur les dernières dizaines de mètres jusque derrière le bosquet.

Il ouvrit discrètement la portière, se faufila hors de la voiture, guetta les bruits de la nuit. Silence total dans la maison. Mathis frissonna, se souvint de l'ombre qui s'était faufilée jusqu'au hangar pour y mettre le feu. Maintenant, c'était lui qui entrait chez lui comme un voleur. Il fixa la fenêtre des toilettes. C'était le meilleur poste d'observation. Il tenta de discerner une ombre, un mouvement, un reflet sur la vitre. Rien.

Courbé en avant, il progressa par petits bonds peureux jusqu'à la porte, gravit les marches, sortit sa clef, commença à l'introduire dans la serrure. La porte s'ouvrit d'elle-même sans un bruit.

Son sang se glaça dans ses veines. Il sentit tous les poils de son corps se dresser, ses cheveux se figer vers le ciel. Son cœur s'emballa pour tenter d'oxygéner son cerveau. Les glaçons paralysèrent ses membres, tétanisèrent sa mâchoire, paralysèrent sa respiration. La tête lui tournait, il s'attendait à recevoir à tout instant une balle en pleine tête, un coup de gourdin, n'importe quoi… un truc qui le « neutraliserait ».

Il s'appuya sur le mur, alluma involontairement la lumière au-dessus de la porte. L'étendue des dégâts lui apparut dans toute son horreur.

Tout, absolument tout ! On avait tout saccagé dans l'entrée et ce qu'il voyait de la cuisine ne valait pas mieux. Des aliments jonchaient le sol, coagulés dans le contenu renversé des bouteilles d'huile, de jus, d'eau minérale, le pied d'une chaise avait traversé l'écran de la petite télévision de cuisine, celle sur laquelle Camille suivait en direct les émissions gastronomiques, le robinet de l'évier arraché déversait son eau dans les bacs pleins de vaisselle cassée, de nouilles et fruits écrasés. Les photos de famille étaient maculées de sauce tomate et de ketchup. Un massacre !

Une telle haine ! L'homme ou plutôt les hommes (ils ne pouvaient qu'être plusieurs pour perpétrer un tel saccage) devaient être mus par une haine incommensurable pour s'acharner ainsi. Ils avaient voulu tout détruire, pas uniquement le matériel. L'esprit de la maison, ils avaient saccagé l'esprit de la maison, l'âme qu'ils étaient parvenus à lui donner. Et ça, jamais ils ne parviendraient à le restaurer.

Mathis réfléchit brièvement à appeler les flics. C'était trop grave ! Mais le temps qu'ils se déplacent, de les convaincre de la réalité du danger que courraient ses femmes, qu'ils se mettent en rapport avec la police locale et que celle-ci intervienne, il serait déjà trop tard. Et à tous les coups, ils arriveraient toutes sirènes hurlantes, discrets comme un éléphant dans un magasin de porcelaine, et ça risquait de se terminer en prise d'otages. Le scénario à éviter à tout prix !

Décidé, il se fraya un chemin jusqu'à son sanctuaire qui n'avait plus de sanctuaire que le nom. La porte était enfoncée, l'écran de l'ordinateur éclaté, le fauteuil lacéré, la bibliothèque renversée, le précieux tiroir volatilisé, le contenu du bureau éparpillé, sa centrale de surveillance émiettée, les murs maculés de café. Celui qu'il n'avait pas pris le temps de boire avant de s'en aller.

Leur intimité violée !

Le mot fit revenir Mathis sur terre. Le train arrière lâcha, il s'effondra sur le sol, le dos contre ce qu'il restait de la petite tour dans laquelle il avait classé ces CDs.

Viol... Camille... Rose !

Une colère inimaginable s'empara de lui. Putain, tu vas voir comme je vais t'arranger, connard ! Si tu as fait ça, je vais te le faire tâter, mon flingue, que tu ne pourras plus jamais t'asseoir de ta vie. Mais Mathis n'eut même pas besoin de vérifier si son fusil était encore derrière l'étagère de ses dictionnaires.

Quelle étagère, d'ailleurs ? Le petit bois qui craquait sous ses pas, dispersé sur le sol ?

Il vous faudra vivre avec…

XV.

23 heures 17. Mathis claqua la porte dans son dos. Pas la peine de fermer. Il ne prit pas le temps de vérifier, mais il ne devait à la rigueur rester intact dans toute la maison qu'une boîte d'allumettes. Et encore ! « Étonnant même qu'ils n'aient pas foutu le feu, pendant qu'ils y étaient », pensa-t-il.

Il courut jusqu'à sa voiture, se jeta sur le GPS, entra l'adresse de la location à Agay. Trajet : 1 heure 50. Sa montre indiquait 23 heures 21.

Vu le trafic à cette heure-là, la nuit claire, l'état de l'autoroute et le prix des prunes, il se donna 1 heure 25 pour atteindre son but. Arrivée donc probable vers 1 heure 10. Fouette, cocher !

Contournement d'Aix-en-Provence à 130, il ne voulait pas risquer le retrait de permis sur place pour grand excès de vitesse. Mathis ne lâcha d'ailleurs véritablement les chevaux que sur l'A8, une fois passé l'embranchement de l'A52 vers Marseille. Dès lors, l'aiguille ne décolla plus des 170 km/h. Sauf lorsque son GPS lui signalait une zone soi-disant dangereuse. Traduction : Opgepasst Radar !

Il s'autorisa néanmoins une petite photo souvenir à un radar qu'il avait malencontreusement zappé. Beau score ! Celle-là, il l'encadrerait sur le mur de son bureau.

À cette seule pensée, sa colère se démultiplia. Son bureau ! Y remettrait-il jamais les pieds après cette intrusion, cette pénétration violente ? Peu probable. Les murs justement portaient les stigmates de ce viol, souillés à jamais.

L'aiguille alla flirter avec les 180. Les rails de sécurité, les traits sur la chaussée, les fantômes des arbres dans la nuit défilaient à une vitesse vertigineuse. Il se fit violence. Urgence, prudence ! Pas la peine de se foutre dans le décor. Ça ne pouvait que faire l'affaire d'Azad. Et une veuve et une orpheline.

Minuit. Il avait dépassé Saint-Maximin-la-Sainte-Baume. Il tenait les délais.

Azad ! Azad ! Azad ! Numérote tes abattis pour qu'on puisse reconstituer ton cadavre. Je vais te mettre en charpie, te démembrer, t'éviscérer, te… te… Mathis jubilait en pleurant. Ouais, ouais, il allait faire tout ça et il libérerait sa femme et sa fille. Elles lui tomberaient dans les bras, le couvriraient de baisers, le fêteraient. Non ! ! ! Ils se tomberaient dans les bras, se couvriraient de baisers, se fêteraient. Il lui tardait de vivre cet instant où la vie redeviendrait comme avant.

Il balancerait le cadavre dans la mer, bon appétit les requins. Pas de requins ? Pas grave, les crabes s'en chargeraient. Et ils seraient libres, recommenceraient leur vie là où elle avait été interrompue.

0 h 25. Embranchement de l'A57 vers Toulon. Il ralentit. Présence fréquente de radars volants. Accéléra de nouveau. Vidauban Sud.

Il en était où déjà ? Ah oui, Vidauban. Non… là où elle avait été interrompue. Ils trouveraient la force, la motivation, le courage de tout remettre en ordre, de nettoyer, laver, purifier, désinfecter, repeindre, retapisser. Tout. Ensemble ! Unis ! Ils n'allaient tout de même pas se faire bouffer la vie par un malade !

Mathis serrait les dents, entretenait son courage à grand renfort d'images toutes plus glauques les unes que les autres. Azad après sa « neutralisation ». Toutes plus flamboyantes les unes que les autres. La vie d'après. Camille, amoureuse de son sauveur. Rose, fier de son papa héros.

– Héros ! Sauveur ! s'exclama-t-il. Je t'en foutrai des héros et des sauveurs…

S'ils étaient dans la merde, c'était bien de sa faute à lui. Il aurait dû prévenir les flics et basta. Non, il avait été assez stupide pour protéger son petit trafic mesquin et peu glorieux. Et s'il n'avait pas fait refouler Azad et sa famille, ils n'en seraient pas là non plus. Fastoche, un clic et l'affaire était réglée.

Il repensa à ses « soi-disant » dans le dossier d'Azad. Manuscrits, qui plus est, donc réfléchis. Qu'est-ce qu'il en savait pourtant ? C'était où, d'ailleurs, le Kazakhstan ? Quelque part à l'est, il dirait en haut à droite sur la carte.

Et puis merde, qu'est-ce qu'il y pouvait, lui, si Azad était né là-bas et si un dirigeant modérément dictateur (soi-disant, ajouta-t-il en pensée) l'avait contraint à l'exil. Contraint ou pas, va savoir ? Il aurait pu rester, résister, tenter de changer le cours des choses, au lieu de venir mendier la protection internationale ! Et c'est à lui, Mathis, qui ne demandait rien à personne, qu'il était revenu de statuer sur son sort. Et il l'avait fait en toute conscience (soi-disant, ajouta-t-il pour être honnête avec lui-même), d'après des critères qui lui étaient imposés. Il n'y pouvait rien si les textes, si l'Europe étaient comme ça. Il n'y pouvait rien et l'autre couard de Kazakh avait intérêt à ne pas toucher à Camille et à Rose.

Qu'il le fasse, il le mettait en charpie, le… Son pied écrasa l'accélérateur.

Les sorties défilaient. Le Muy 0 h 37. Trop lentement pourtant. Quelques interminables poignées de minutes plus tard, Fréjus ouest. Enfin ! Il prit la file de droite pour s'engager ensuite directement sur la départementale vers Saint-Raphaël. Il décida d'agir calmement. Trouva fièrement sa carte du premier coup, l'introduisit sans trembler dans la fente. « Trajet non valide ». C'était quoi, ce délire ! Il savait bien d'où il venait et ce n'est pas cette stupide borne qui allait faire la loi. Il songea un instant à défoncer la barrière. Pas discret. De sa voix stupide, la borne stupide lui dit d'introduire son ticket d'entrée sur l'autoroute. Donc acte.

0 h 50. La barrière se leva et il démarra en respectant scrupuleusement les panneaux. Qui sait quels employés et fonctionnaires zélés sévissaient derrière les vitres des guitounes. Sans compter les nombreuses caméras.

La route étroite traversait une zone industrielle et ses inévitables magasins de bricolage, ses ateliers de réparation, de vitrage, d'isolation et autres bâtiments sinistres abandonnés dans la nuit. Il arriva à un rond-point. « Prenez la première sortie ».

– J'arrive, les filles ! Tenez bon !

Une route plus étroite encore, dans une morne plaine. « Prenez la première sortie, suivez la D4 en direction de Saint-Raphaël centre ». Si tu le dis...

La route s'éternisait, s'étirait sur des kilomètres. Mathis sentait la tension monter en lui. Il avait envie d'ouvrir la vitre, de hurler, de tambouriner sur le volant, de mettre l'autre zèbre en charpie, surtout. Hôpital intercommunal Bonnet de Fréjus-Saint-Raphaël.

– Bonnet, enchanté, moi, c'est Mathis Ries. Préparez un petit tiroir réfrigéré, c'est pour un puzzle. Des fois que les crabes n'en veulent pas ! hurla-t-il crispé sur le volant.

La route semblait ne jamais devoir finir. Deux fois deux voies, limitées à 50. Plus ou moins 30 km/h. Plutôt plus que moins.

– Y'en a 30 kilos de plus, j'vous l'mets quand même, s'étouffa-t-il dans un rire nerveux en songeant à la boucherie qu'il allait faire.

Garçon, garçon, garçon, on se calme. Tu commences à délirer sérieux. Respire, respire ! Il ouvrit la vitre, pencha la tête à l'extérieur, fit un écart sur le terre-plein central, vit arriver le poteau, l'évita de justesse. Presque. Il en serait quitte pour une grosse rayure.

Le choc le fit revenir à lui. Il recouvrit soudain toute sa lucidité.

Les ronds-points se succédaient à un rythme infernal. Infernalement lent. « Prenez la deuxième sortie ». Tout droit, toujours tout droit. Elle n'en finirait jamais cette ville ?

0 h 57. Agay par Valescure, Nice par la route de la corniche. Troisième sortie. Enfin !

Il rétrograda dans le rond-point et s'élança à plein régime dans la côte sur la gauche. Les maisons s'espacèrent progressivement, les clôtures se faisaient plus hautes, et surtout plus longues. Les arbres de plus en plus luxuriants. Ça sentait le fric à plein nez. Encore des ronds-points, Mathis commençait de nouveau à piaffer.

Il amorça une longue descente. De part et d'autre, la campagne méditerranéenne dans le noir. Un long virage, une zone industrielle de petite ville. Agay ? Le mur d'un camping. Il lorgna sur son GPS, plus que trois kilomètres. Encore !

Il passa un pont qui enjambait une petite rivière, passa sous un pont de chemin de fer et ralentit soudain. Dans la nuit, en face de lui, la mer. Il était arrivé.

Son GPS indiquait la gauche au rond-point, encore un, le dernier, en direction de Nice. Il longea la mer sur quelques centaines de mètres, réfléchit à se garer contre le trottoir qui longeait la plage. Trop en vue. Opta pour un parking. La poste, c'était parfait. 1 h 09.

Selon son GPS, la location se trouvait à quelques dizaines de mètres sur le front de mer. Il scruta la nuit éclairée par les réverbères, localisa la maison. C'était bien là ! Il reconnaissait la façade qu'il avait vue sur le site. Pas une lumière.

L'angoisse le reprit. Et si Azad dormait, s'il avait « neutralisé » Camille et Rose ? Une vague de désespoir le submergea. Brièvement, ce n'était pas le moment.

Il inspira un grand coup, eut la présence d'esprit de faire en sorte que le plafonnier ne s'allume pas quand il ouvrirait la porte.

Le bruit des vaguelettes, les lumières d'un bateau au large, les étoiles, un phare droit devant, une route qui escaladait en serpentant une colline pointue en laissant derrière elle de petits fanions lumineux, une brise paisible... C'était si calme, si rassurant. Difficile d'imaginer que ses femmes se trouvaient peut-être prisonnières à quelques mètres de lui seulement.

Qu'un fou l'attendait pour le règlement de compte final. Pour qu'il lui règle son compte !

Mathis gravit silencieusement les quelques marches qui le séparaient de la porte d'entrée. Pas un bruit ne filtrait de la maison. Il retenait son souffle pour ne pas être entendu. Peine perdue, les battements de son cœur devaient résonner au moins jusqu'à la frontière italienne, par-dessus le grondement sourd de l'avion qui amorçait sa descente sur Nice. La porte était entrebâillée.

Il la poussa du pied.

XVI.

Entrez, faites comme chez vous !

La voix provenait de quelque part à l'intérieur de la maison. Ironique malgré la politesse de la phrase. Effet réussi, Mathis faillit tomber à la renverse sous le choc des mots.

Le faisceau aveuglant d'une torche vint léser sa rétine. Il ne voyait plus rien, juste un intense flou noir qui dansait devant ses yeux. Il n'entendait plus rien, la voix s'était tue. Affolé, il tâtonna autour de lui, cherchant un appui. Le silence était angoissant.

En tendant l'oreille, il perçut toutefois une respiration oppressée et saccadée. Un vague grognement modulé qui culminait dans les aigus, terrorisé. Camille ou Rose, s'affola-t-il. Camille ET Rose ? Il redouta de nouveau un choc, une détonation, une main qui le saisirait, le catapulterait au sol, le maitriserait, le neutraliserait. Rien, juste cette respiration oppressée. Cette sorte de chant de douleur implorant qui semblait vouloir dire quelque chose, le prévenir de quelque chose.

Cette voix aigüe, cette purée de sons discordants plutôt, ne pouvait être que celle d'une enfant. Rose ! Elle devait être bâillonnée. La panique le saisit. Le scénario de la prise d'otages, le pire qu'il pouvait imaginer.

– Allumez, qu'on puisse discuter en se regardant dans les yeux !

Mathis chercha l'interrupteur du plat de la main, le trouva. Ses yeux mirent un petit moment pour s'adapter à la luminosité.

Camille ! Le visage défait, les yeux exorbités, les jambes repliées sous elle, les chevilles enchaînées à un radiateur. Ses mains croisées dans sa nuque étaient maintenues par un puissant ruban adhésif. Elle le regardait d'un air suppliant, détache-moi, vite, viens, on s'en va, je ne veux pas mourir. D'un air incrédule, c'est pas vrai tout ça, dit, on est en plein cauchemar, je vais me réveiller, on va faire l'amour, dis ?

Dans la pièce voisine, un petit pied nu dépassait de sous un drap, faiblement éclairé par l'ampoule de l'entrée.

Rose !

Rose inanimée sur le sol, entièrement recouverte d'un drap blanc. Comme un cadavre, paniqua-t-il. Putain, cet enfoiré l'a tuée. Pas Rose, pas ma Rose, il est complètement malade, ce mec. Pas ma petite Rose, elle n'y est pour rien !

Il aurait souhaité mourir sur-le-champ, là, tout de suite, dans l'entrée, s'effondrer, OFF. Tout, mais ne pas vivre ça. Rose ! Il ne pourrait pas le survivre.

Il voulut se précipiter vers elle, la voix le stoppa net, impérieuse.

– Un pas de plus et je la flingue. Mains sur la tête !

Ce n'est qu'alors que Mathis vit les deux armes. Un pistolet braqué sur la tempe de Camille qui gémissait de terreur en secouant la tête et un fusil, le sien, braqué sur lui.

Mathis se mit à pleurer en regardant le petit pied et Camille. Pathétique, les mains sur la tête, comme un cancre que la maîtresse aurait mis au piquet.

– Surpris de voir votre fusil ici, Monsieur Ries ? Pourtant, vu le temps que vous avez mis pour venir de l'aéroport, vous devez être passé chez vous pour le chercher.

Le vouvoiement et le « Monsieur Ries » surprirent Mathis qui en fut un instant soulagé. Ce n'est pas comme ça qu'on parle à un homme qu'on va liquider, à un homme que l'on hait. Un instant seulement. Le ton, lui, était manifestement haineux et méprisant.

– Mille excuses, avec un ami, on a mis un peu de désordre dans la maison. Mon ami vous remercie, d'ailleurs, il va reprendre votre petit trafic. Le tiroir, vous savez ? Mais vous vous demandez certainement comment j'ai su où elles étaient venues se planquer ?

Mathis était anéanti. Qu'est-ce qu'il en avait à foutre ! Le résultat était là, effroyable devant ses yeux. Il avait accumulé les conneries et par sa faute, Rose était morte.

– Qu'est-ce que vous avez lu dans mon dossier, monsieur Ries ? Vous êtes allé consulter mon dossier au Service des Étrangers à Luxembourg ou je me trompe ?

Mathis ne répondit pas, il était en mode « Extinction imminente », pas mort, certes, mais pas vivant non plus. Comme dans un aquarium dans lequel il pouvait étonnamment respirer. Les bruits, les choses, les impressions étaient étouffés, lui parvenaient à travers une sorte de ressac qui faisait souffrir ses yeux et ses oreilles et menaçait de le faire basculer à tout instant dans le néant.

Il perçut un mouvement vif. Azad avait jeté quelque chose dans sa direction. Il rattrapa miraculeusement ce quelque chose, le regarda, incrédule.

– Allez ! Regardez ce qu'il a à vous dire, n'ayez pas peur, rien que vous ne sachiez déjà.

Mathis plissa les yeux, ne les crut pas. Instinctivement, il fit défiler l'écran du Smartphone. Tout y était : de la réservation à Agay à celle de son vol aller-retour à Luxembourg en passant par la location de la voiture. Et même la réservation, à la toute dernière minute, de son vol retour inopiné.

– Ingénieur en informatique, école de Paris. Aucun mérite, la base.

Mathis était sous le choc. Ce mec le pistait minute par minute. C'était juste un grand malade ou quoi ?

– Mais qu'est-ce qu'on vous a fait ? Pourquoi vous… Rose, elle ne vous a rien fait. C'est…

Il ne trouva pas ses mots, sentit ses genoux se dérober sous lui. Après tout, il n'avait qu'à courir vers Rose, se pelotonner contre elle, mourir contre elle si l'autre malade voulait bien lui tirer une balle dans le cœur. Camille roulait des yeux terrorisés, émettait des sons désespérés sous son bâillon. Elle savait ce qu'il ressentait, ce qu'il aurait voulu faire. Le pistolet braqué sur elle l'en empêcha.

– Et vous, monsieur Ries ?

Mathis secoua la tête. Si, bien sûr, il l'avait fait refouler. Mais tout de même.

– Je n'ai pas… j'ai juste traité votre dossier.

– Juste traité. Justement, vous l'avez traité. Bien confortablement à l'abri derrière votre ordinateur. Derrière des… comment dit-on déjà dans votre jargon… derrière des directives. C'est pas moi, c'est pas ma faute, je n'y peux rien, c'est la loi, c'est eux. C'est qui, eux, monsieur Ries ?

– Je… c’est-à-dire que, voyez-vous… je n’y pouvais vraiment rien. Un petit pion, je suis juste un petit pion sans pouvoir de décision, monsieur…

Il chercha vainement son nom, ne le trouva pas.

– Monsieur… ?

Mathis secoua la tête, écarta les mains devant lui, les paumes tournées vers le ciel, impuissant, implorant.

– Nesterenko. Azad Nesterenko. Ça ne vous dit rien, bien sûr. Je vais vous aider : KZ 19 1 43 D etc., ça vous parle davantage, je suppose ? Un mâle de 43 ans du Kazakhstan dont il veut partir pour profiter de la générosité de l’Occident. C’est bien ça, non ?

Camille secouait ses liens, tentait de se délivrer pendant que son geôlier se concentrait sur Mathis. Azad la fixa un instant avec commisération.

– La générosité de l’Occident ! Elle est belle, la générosité de l’Occident, monsieur Ries. Elle m’a tout pris. Jusqu’à ma fille.

– Mais nom de Dieu, vous ne pouvez pas m’accuser de tout. Qu’est-ce que j’y peux si votre fille est morte ? Ce n’est pas une raison pour… pour tuer la nôtre, vous n’aviez pas le droit ! C’est notre fille, une enfant…

– Une belle petite salope !

Mathis en eut le souffle coupé, révolté. C’était quoi, cette haine ? Il regardait le petit pied qui dépassait de sous le drap, eut la nausée. Ça ne pouvait pas être vrai, il y avait erreur, une caméra cachée quelque part. Un animateur télé faussement bouleversé surgirait soudain, un sourire Colgate aux lèvres, sa fille se lèverait d’un bond en criant « On t’a bien eu, p’pa ! Mais non, m’man, regarde, je suis bien vivante, c’était une blague ! »

– Une belle petite salope, oui, monsieur Ries. Oui, madame Ries, une belle petite salope. Aylin avait le même âge que votre fille, elles étaient dans la même classe. Vous savez ce qu'il faisait votre petit ange ? Il harcelait notre fille : « Mon papa, il est plus fort que le tien ! Il peut vous faire foutre dehors, vous renvoyer dans votre pays, sales Kazakhs ! »

Mathis chercha des yeux le soutien de Camille. C'est de leur fille qu'il parlait ainsi ? Camille regardait Azad, l'écoutait sans comprendre, inarticulait des sons, secouait désespérément la tête. Menaçait à chaque instant de tourner de l'œil.

– Et vous, monsieur Ries, vous nous avez refusé la protection internationale avec vos mesquines idées sur la persécution des opposants au régime. La « soi-disant » persécution. Aucun mérite, la base.

Azad regardait alternativement Camille et Mathis. Allaient-ils enfin comprendre ? Ses mâchoires se crispaient, faisant apparaître d'étranges protubérances sur ses joues. Ses lèvres se mirent à trembler, sa main tremblait, crispée sur la gâchette du pistolet. Les ailes du nez pincées, ses yeux disparaissaient sous des rides de chagrin. Ses lèvres s'entrouvraient, se pinçaient de nouveau pour retenir des paroles qu'il aurait visiblement beaucoup de mal à prononcer. Il planta son regard dans celui de Mathis.

– Elle s'est suicidée.

Un lourd silence s'instaura dans la pièce. Mathis fixait Azad, interdit. Azad pleurait doucement, silencieusement, n'essuyait pas les larmes qui inondaient son visage. Ses bras pendaient le long de son buste, les armes inutiles sur les cuisses. Il était anéanti, comme s'il réalisait seulement maintenant l'irréversibilité du geste. Camille fixait le sol, hébétée.

Mathis fut pris de vertiges, vacilla sur ses jambes, ramena Azad à la réalité.

D'un geste las, les bras lourds comme du plomb, Azad dirigea le canon du pistolet vers sa bouche, l'introduisit entre ses dents serrées.

– Plus rien à perdre. Même pas ma femme. On n'aime pas un looser. Fatigué.

XVII.

Noooon ! Monsieur... Azad, non ! Ne faites pas ça, Azad, s'il vous plait.

Azad fixait Mathis, le canon profondément enfoncé dans la gorge. Les larmes donnaient à son regard un étrange éclat, un mélange de tristesse et de détermination. Camille avait fermé les yeux, les lèvres serrées cernées de blanc, la tête rentrée dans les épaules. Elle avait suspendu son souffle, attendait la détonation, la redoutait, horrifiée, ne pensait même pas que la tête d'Azad lui exploserait sur le visage, la couvrirait de sang et de chairs. Que la balle pourrait l'atteindre.

Il resta ainsi quelques secondes, le doigt tremblant sur la gâchette, puis éclata soudain d'un rire nerveux, incontrôlé, le canon toujours entre ses lèvres. Sa main s'affaissa sur son ventre, entraînant l'arme avec elle. Les sanglots et le rire soulevaient sa poitrine en de brefs soubresauts, en violents hoquets.

Azad riait comme un dément, pleurait comme un dément. Désarticulé comme une poupée dont on aurait soudain coupé les fils, sans volonté, vaincu par une immense lassitude. Il tenta de reprendre son souffle, se moucha entre ses doigts, les essuya machinalement sur son pantalon. Sembla s'apaiser.

Un éclat de colère machiavélique teintait maintenant son regard.

Mathis vida ses poumons de tout leur air, entre soulagement et angoisse. Et s'il les abattait, eux, avant de se donner la mort ?

– Azad...

Pour toute réponse, Azad pointait le fusil sur Mathis, haletant. Il se redressa, se cala bien droit contre le mur, appuya la tête contre la paroi, haussa le menton. Le fixa avec détermination.

Il sortit de sa poche un mouchoir et, tout en parlant d'un ton paisible, presque anodin, nettoya consciencieusement le fusil de Mathis. Il commença par le canon.

– Ce serait trop simple pour vous. Trop simple pour vous trois. C'est vous qui allez me tuer, Monsieur Ries.

Il s'attarda longuement sur la gâchette.

– Si votre fille a tué la mienne, son père peut bien tuer le sien. Vous avez peur, Monsieur Ries, vous n'avez jamais tué, bien sûr. Jamais vu quelqu'un tuer un être humain. Si vous étiez né au Kazakhstan, vous sauriez ce qu'est la mort violente.

Frotta méticuleusement la crosse.

– La mort contre laquelle on est prêt à tout abandonner pour lui échapper. KZ 19 1 43 D... D : « faible risque pour sa personne ». Vu de chez vous... Les tickets de transport, je les ai achetés pour tenter de vous voir, pour que vous sachiez qui je suis. Vous ne pouviez pas comprendre. Ces tickets de transport que je vous ai laissés en indice, dans votre maison, dans votre voiture, au travail... sont autant de refus de me recevoir. Autant d'humiliations pour moi et ma famille. De raisons d'avoir peur de l'avenir. Pour moi, ensuite, autant de messages apparemment incompréhensibles pour vous. Pourtant, KZ 19 1 43 D..., ça vous a longtemps suffi pour statuer sur mon sort. Autant d'occasions de vous faire ressentir l'insécurité, la peur, la terreur que vous n'avez pas su... que vous n'avez pas voulu ressentir chez moi à l'idée d'être refoulé dans mon pays… MON pays, ricana-t-il.

Cassa le fusil, montra à Mathis qu'il était chargé.

– Le désespoir tue aussi sûrement qu'une balle ou une corde.

Il s'assura n'avoir laissé aucune trace sur l'arme et la jeta soudain en direction de Mathis. Celui-ci l'attrapa instinctivement, resta interdit.

Il allait tirer sur cet homme ?

Son regard passait d'Azad à Camille, de Camille à Rose, inerte sous le drap blanc. Une bouffée de haine le submergea soudain. Azad avait tué sa fille, et lui, il avait tant rêvé de le mettre en charpie, de le démembrer, de l'éviscérer…

Alors oui, il allait le faire, il lui ferait exploser sa sale gueule de meurtrier. Il se foutait pas mal de ce qu'il adviendrait de lui-même après. Qu'il crève, ce salopard !

Camille secouait la tête en hurlant derrière son bâillon, les yeux implorants, tremblante de tous ses membres. Elle tapait avec la tête contre le radiateur, tressautait sur place autant que le lui permettaient ses liens, pleurait.

Azad attendait froidement. Il savait que lui, il n'aurait pas hésité une seconde. Mais Mathis allait renoncer à la vengeance, c'était au-dessus de ses forces, et ça, Azad le sentait autant qu'il le déplorait. Qu'on en finisse une bonne fois pour toutes, merde à la fin. Il voulait mourir, crever, disparaître, arrêter de souffrir. Mathis n'avait qu'à appuyer sur la gâchette et il ne le faisait pas. Ne le ferait pas. Le doigt pourtant sur la gâchette. Ou dans un accès de frayeur, une toute petite pression et…

Il braqua le pistolet sur la tempe de Camille, l'arma, son doigt chercha la gâchette, la trouva, appuya légèrement dessus.

— Tu vas me flinguer, connard, ou tu préfères que je flingue ta femme ?

Mathis paniquait. Azad tenait sa femme en joue et il était déterminé. Il regardait Mathis d'un air goguenard.

Lentement, très lentement, Azad écarta l'arme de la tempe de Camille et leva les deux mains au-dessus de sa tête comme s'il voulait se rendre. Mais ce qu'il voulait, c'était mourir sans perdre la face, mourir dans la dérision, ne pas offrir le spectacle du pauvre Kazakh désespéré. Mais surtout, surtout, il voulait faire payer l'autre. Cher, très cher.

Sans quitter Mathis des yeux, il baissa les mains, posa le pistolet sur ses cuisses et s'empara de nouveau de son mouchoir.

Tout en parlant, il nettoya le pistolet. Il commença par le canon.

— Votre fille est vivante, monsieur Ries. Une bonne dose d'anesthésiant. Je n'allais pas lui faire le cadeau de mourir sans se rendre compte de ce qu'elle a fait : elle a tué ma fille. Elle devra porter ce remords toute sa vie. Jusqu'à sa propre mort.

Il s'attarda longuement sur la gâchette.

— Je ne tuerai pas votre femme, qu'elle regrette toute sa vie d'avoir engendré ce monstre angélique. Elle aussi, elle devra porter ce remords toute sa vie. Jusqu'à votre propre mort, madame Ries.

Frotta méticuleusement la crosse.

— Quant à vous, monsieur Ries, c'est la triple peine. Vous porterez toute votre vie le remords de ne pas nous avoir accordé la protection internationale, d'avoir engendré un monstre...

Il ouvrit le chargeur, montra à Mathis qu'il était plein.

— ...et de m'avoir tué alors que je n'étais pas armé, et...

Il s'assura n'avoir laissé aucune trace sur l'arme et la propulsa brutalement en direction de Mathis.

— ...il vous faudra vivre avec !

À PROPOS DE L'AUTEUR

Didier Debord, auteur et traducteur littéraire, est né, en 1954, dans le Morvan profond. En bon Sagittaire, il n'a pas froid aux yeux et tente mille et une expériences dans divers pays avant de revenir à ses racines. Il se met bientôt à écrire, inspiré par ses nombreuses aventures, d'abord pour les enfants, puis pour les adultes. Traducteur de nombreux polars, il décide un jour de se lancer dans le genre. « Il vous faudra vivre avec » est son tout premier polar.

Il vous faudra vivre avec...

DANS LA MÊME COLLECTION